LE MONDE DANS LA MAIN

Pour Patrick,

en toute amitié...

août 2011

Collection animée par Soazig Le Bail

© Éditions Thierry Magnier, 2011
ISBN 978-2-36474-011-2

Couverture : Delphine Dupuy
© d'après une photo plainpicture / Robert DiScalfani
Maquette intérieure : Amandine Chambosse

Loi n° 49-956 du 16 juillet 1949 sur les publications destinées à la jeunesse

LE MONDE DANS LA MAIN
MIKAËL OLLIVIER

EDITIONS
THIERRY
MAGNIER

à Armel Ollivier, mon père

*Je crois à l'inexistence du passé,
à la mort du futur,
et aux possibilités du présent.*
J. G. Ballard, *Ce que je crois*

C'est mon plus lointain souvenir. L'un de mes premiers Noël, mais je n'en savais rien. Je ne savais rien à rien, je ne vivais même pas au jour le jour mais simplement au présent. Le présent. J'habitais le présent. Le temps n'existait pas encore pour moi. Mon monde se limitait à quelques visages familiers, des odeurs, des sons, la faim, le sommeil, la douleur, le chaud, le froid…

J'étais sur les genoux de ma mère. Il existe une photo de cet instant. L'image est sombre, mon visage rond de bébé n'y est éclairé que par les flammes des quatre bougies du carillon des anges, ce petit mobile sur son socle en laiton doré, au mécanisme si simple et si malin : les flammes forment des colonnes d'air chaud qui font tourner des ailettes qui, elles-mêmes, entraînent un axe supportant trois anges dans une ronde de plus en plus rapide qui permet à des petites tiges métalliques, à chaque passage, de faire tinter joyeusement des clochettes.

Mes parents avaient éteint la lumière pour mieux mettre en valeur le jeu des flammes sur le métal. Les anges s'étaient mis à tourner, sans bruit tout d'abord. Au plafond étaient apparus des reflets qui ressemblaient à la surface d'une eau précieuse. Puis un premier tintement, un autre, un autre encore, de plus en plus rapprochés. La ronde des anges avait atteint sa vitesse de croisière et le son des clochettes était devenu régulier. *Ding, ding, ding...* Fine chevauchée dans les aigus, promesse d'une magie à venir, d'une douceur qui tient en haleine, d'une beauté simple, poétique et fragile de la vie.

Et mon regard, ce réveillon-là, avait glissé des anges au visage de ma sœur de l'autre côté de la table. Alix, attentive, immobile, aussi transportée que moi, bouche ronde entrouverte et dans les yeux brillants une danse d'or et de lumières.

I

C'EST DRÔLE AU DÉBUT

Ikea, c'est drôle au début.

C'est comme entrer dans une maison de poupée. On imagine un géant, façon Gulliver, allongé sur la moquette, les pieds croisés au-dessus des fesses, dont le regard passe d'une pièce à l'autre, et qui fait bouger les figurines et les meubles avec ses mains trop grosses. Ce jour-là, les personnages, c'étaient moi, mon père et ma mère. Et la grosse main aux doigts boudinés du destin nous a déplacés d'une façon inattendue.

C'était un samedi. J'avais seize ans. Presque. À un jour près. Je suis né pour la galette des rois. C'était moi la fève.

Ikea, enfin, ce qu'on était venus y chercher, c'était mon cadeau d'anniversaire, que l'on devait fêter le lendemain. J'espérais bien que ce n'était pas le seul, parce que les meubles, c'est comme les vêtements, c'est trop sérieux, trop utile, ça fait pas cadeau parce qu'on se dit que de toute façon, anniversaire ou pas, il aurait bien fallu les acheter un jour. Déjà qu'avoir son anniversaire près de Noël ce n'est pas l'idéal, sans compter que les bougies sur la galette des rois ça fait ridicule et qu'une fois sur deux, on devine où est la fève en les plantant dessus. Mais donc, le « gros » cadeau, c'étaient de nouveaux meubles pour ma chambre. J'en avais marre de mon bureau d'enfant, du banc qui faisait coffre à jouets et dont le bois était poli par le postérieur de mes ancêtres, du lit avec des montants en fer dont mes pieds dépassaient, qui avait appartenu à ma mère quand elle était petite, et à sa mère avant elle. On venait m'acheter des meubles vraiment à moi.

Bonne-maman, la mère de ma mère, Marie-Luce Legrand, née d'Alembert, disait que c'était idiot parce qu'elle avait tout ce qu'il fallait chez elle, mais on n'en pouvait plus, mon père et moi, du mobilier des d'Alembert. On ne voulait pas du massif, du chargé d'histoire. On manquait d'air et on rêvait de neuf, de contreplaqué, d'aggloméré, de précaire et de clair. Et puis des trucs que je puisse abîmer en paix sans qu'on me rappelle sans cesse le nombre de générations qui les avaient utilisés avant moi sans y faire le moindre accroc.

Pour parvenir aux rayons des chambres, il fallait passer par les salons, les canapés, faire un arrêt aux bureaux puis traverser les cuisines. Pas le choix. Chez Ikea, on n'avance pas, on chemine, on piétine, on tourne, on a l'impression de faire des kilomètres alors qu'on fait du surplace entre les fausses cloisons qui abritent les faux intérieurs.

On traverse des tranches de logements et d'abord, on a envie de tout essayer. Les fauteuils, les canapés, les vies en exposition pour voir si on s'y sent bien, si des fois on ne serait pas fait pour une existence facile et légère, harmonieuse, avec des meubles bien à leur place, pas écrasants, des œuvres d'art pas prise de tête au mur – que tout le monde connaît et trouve jolies –, des lampes rigolotes sans être moches, des parents responsables sans être lourds. Une vie de magazine, ou de série télé, dans laquelle on aurait tout le temps le sourire, de l'humour, de la répartie, jamais d'épis sur la tête, des potes à la vie à la mort, pas de devoirs pour le bahut, pas de tic-tac de la vieille horloge de famille, jamais d'odeur de soupe aux poireaux ni d'eau de Javel, ni d'humidité, ni d'encaustique.

Rapidement épuisé par le choix trop grand, les hésitations, les mesures, les références, on essaye le moindre tabouret de cuisine parce qu'on en a plein les pattes.

ORDINAIRE

Payer, chez Ikea, ça se mérite. On ne dirait pas, vu de dehors, qu'on peut mettre autant de choses et de monde dans un hangar. C'est comme de trop regarder l'heure quand on est impatient, le temps donne l'impression de passer moins vite. Chez Ikea, plus on avance et plus on a l'impression d'avoir encore de chemin à faire, déçu à chaque tournant de ne pas avoir trouvé la sortie.

Mes parents ont failli se disputer sur le choix de mon lit en mezzanine. Failli seulement, parce qu'on ne se dispute pas dans la famille, on ne hausse jamais la voix, question d'éducation, surtout du côté de maman. Il faut bien avouer que c'est difficile de crier quand on se prénomme Marie-des-Neiges. J'ai toujours rêvé d'avoir une mère qui s'appelle Patricia, Isabelle ou Valérie. Marie-des-Neiges, c'est une idée de bonne-maman. Mon père s'appelle Patrick. Blanc. Patrick Blanc. Et moi Pierre. Pierre-Marie, en fait, mais il n'y a que ma grand-mère maternelle pour utiliser ce prénom composé. Mon grand-père, c'est Paul. Que des P. C'est comme pour les chiens avec une lettre par année, chez nous, les hommes ça commence par un P.

Bonne-maman n'aime pas le nom de femme mariée de sa fille. Le sien non plus, d'ailleurs. Legrand, ça ne vaut pas d'Alembert. Alors Blanc ? Surtout que Marie-des-Neiges Blanc, ça fait pléonasme, ton sur ton. Pour bonne-maman, ça fait « ordinaire ». Un mot qu'elle adore, et qu'elle prononce avec une petite moue de travers à tout bout de champ. Ikea, par exemple, c'est « ordinaire ». Comme Legrand, et Blanc.

Si elle y avait déjà mis les pieds, elle saurait qu'Ikea, plus qu'ordinaire, c'est fatigant. Une fois le rayon chambres passé, toute l'excitation du début était retombée depuis longtemps. Mon père, ma mère et moi on n'avait plus qu'une idée en tête : revoir la lumière du jour. Il a fallu traverser la zone des tapis, des rideaux, des luminaires, des accessoires de salle de bains, de cuisine, la zone « enfant » et enfin, on a trouvé un escalier qui descendait, et menait à un espace gigantesque et plein de vaisselle et de tout un tas de trucs qu'on se sentirait presque obligé d'acheter pour gagner le droit de sortir. Le rez-de-chaussée est aussi grand que le premier étage, et on ne disait plus un mot. Chaque pas de mes parents était un reproche me soufflant à l'oreille que c'était pour moi qu'on en était là, qu'on avait perdu un après-midi complet, qu'on avait mal aux jambes et à la tête, trop chaud, embarrassés par nos blousons sur les bras, qu'on avait acheté tout un tas de choses chères et « ordinaires » dont je n'avais même plus envie.

On a fini par déboucher dans un endroit surréaliste, immense, gavé de cartons empilés jusqu'à un plafond haut comme un immeuble.

Après que ma mère eut fini par trouver une pièce d'un euro au fond de son sac à main, mon père a pris un chariot et on s'est lancés dans la recherche de ma chambre en kit dont, équipés d'un crayon à papier miniature, nous avions précédemment noté le numéro de rangée des éléments. C'était un travail de force pour lequel il aurait fallu la belle énergie – évaporée depuis longtemps – qui nous animait trois heures plus tôt. Enfin, le chariot aussi facilement maniable qu'un âne mort devant lui, j'ai vu mon père allonger le pas, sentant les caisses enfin proches.

Il a eu un coup d'arrêt en découvrant la longueur des files d'attente. J'ai regardé maman et j'ai cru qu'elle allait pleurer. Maman pleurait beaucoup depuis quatre ans, comme ça, d'un coup, sans bruit, et chaque fois ça me vrillait à l'intérieur. Mon père a soupiré et s'est mis dans une queue. Je me suis assis sur les cartons de mon futur bureau, ou d'un morceau de mon lit, impossible de savoir.

– Quand je pense qu'il va falloir monter tout ça en arrivant à la maison, a dit mon père, ajoutant aussitôt : Si ça rentre dans la voiture !

Maman avait le regard dans le vide et moi je me faisais tout petit. Je pressentais quelque chose de dangereux dans l'air, dans la voix mal assurée de mon père, dans le regard fixe de ma mère. Quelque chose que je ne comprenais pas mais qui pesait lourd sur mes épaules, un de ces mystères d'adulte que nous les jeunes on est censés ne devoir comprendre que plus tard, une fois qu'il est trop tard.

J'ai regardé les visages des personnes qui, comme nous, attendaient leur tour pour payer et je n'y ai vu que fatigue, lassitude et doute. J'avais l'impression que chacun, après avoir traversé ce catalogue grandeur nature des objets du quotidien, n'en pouvait plus, soudain, de sa vie.

Bip... Bip... Mon siège de bureau ; ma lampe de chevet. *Bip...* Mon sommier anti-acariens. *Bip...* Mes étagères plaquées bouleau...

Là où ils sont forts, chez Ikea, c'est que tu en as tellement marre à la fin, que tu es soulagé de payer.

SES YEUX PÂLES

En fait de lumière du jour, dehors, on a trouvé la nuit, et une petite pluie fine et glaciale. J'avais envie d'être déjà à la maison, comme chaque fois que le soir tombait. Je n'aimais pas la nuit, elle m'était étrangère depuis toujours, et je préférais être dans ma chambre, volets tirés, quand elle se refermait sur la ville. Quand ensuite je me mettais au lit, avant de m'endormir, j'écoutais les bruits du dehors, des voitures, des passants. Parfois, tard, j'entendais les voix fortes des noctambules dans les rues calmes de Versailles, qui me semblaient incongrues et vaguement inquiétantes. Mes copains se vantaient quand ils avaient veillé tard, comme s'il y avait un mérite particulier à ne se coucher qu'après minuit, à ces heures qu'on disait « du mat' » avec une voix particulière, au naturel forcé et un peu rauque. Moi j'aimais me coucher tôt.

Papa avait du mal à diriger le chariot surchargé entre les voitures et roulait en crabe. Maman n'avait pas dit un seul mot depuis de très longues minutes. Elle n'essayait même pas de protéger ses cheveux de la pluie alors que ses cheveux fins sont pour elle un souci permanent. En règle générale, à l'écouter, il pleut toujours quand elle sort de chez le coiffeur, et rien que sur elle. Parapluie pliable, châle, foulard, chapeau imperméable, elle possède une collection impressionnante d'armes contre la pluie mais en cette fin d'après-midi, sur le parking luisant d'Ikea, c'était comme si elle ne se rendait pas compte qu'il pleuvait.

Nous sommes enfin arrivés à la voiture et il a fallu trente bonnes minutes à mon père pour admettre que tous les paquets ne rentreraient pas dans le coffre, même avec les banquettes arrière baissées, même si je partageais le siège avant avec maman.

Les cartons commençaient à être détrempés ; mon père et moi n'en pouvions plus de bousiller nos doigts, notre dos et l'intérieur de la voiture à chercher comment les disposer le plus efficacement possible. C'était juste impossible. J'ai vu mon père fermer les yeux, agité d'un léger tremblement. J'ai cru qu'il allait se mettre à hurler, ou à donner des grands coups de pied dans la voiture comme je brûlais d'envie de le faire.

Je repense souvent à ce moment précis, et je me demande pourquoi il s'est contenu, a dit « Bon, je vais voir le service de livraisons », et n'a pas explosé de rage. Moi, j'avais seize ans, je me serais fait engueuler ! On ne peut pas, à seize ans, hurler qu'on en a marre et latter la voiture de son père comme un malade sans se faire punir ni se retrouver dans le cabinet d'un pédopsychiatre ! Mais à quarante ans passés ? Personne ne gronde un homme de quarante ans ! À quoi ça sert de devenir adulte s'il faut continuer à taire ce que l'on pense et à s'empêcher de faire ce qu'on a envie ? Et si mon père, pour une fois, avait pété un câble, est-ce que ça aurait changé quelque chose à ce qui s'est passé juste après ?

Je n'aurai jamais la réponse à cette question.

Donc : « Je vais voir le service de livraisons. »

Un bruit de portière, et maman qui ressort de la voiture.

Sur les conseils de mon père, elle s'était assise à l'avant pour attendre à l'abri – je soupçonne papa, plus que de se soucier de voir sa femme mouillée, de lui avoir proposé de se mettre dans la voiture pour éviter qu'elle nous donne des conseils pendant qu'on essayait de charger le coffre. Elle s'est tenue un instant debout devant nous sous la pluie. Elle m'a regardé et j'ai eu la sensation que ses yeux pâles voyaient loin à travers moi. Ils se sont ensuite posés sur mon père qui s'était immobilisé. Puis elle a tourné les talons.

Calmement, d'un pas régulier, maman s'est éloignée sans un mot, non vers le magasin, le service des livraisons, les toilettes ou je ne sais quoi encore, mais vers la sortie du parking. À pied. Sous la pluie. Mon père l'a suivie des yeux alors que les miens allaient de la silhouette de ma mère qui rapetissait à celle, immobile, de mon père. Ma mère, mon père, ma mère, mon père, et puis mon père tout court quand ma mère a disparu au premier rond-point.

On ne l'a jamais revue jusqu'à ce jour.

C'EST TOUT

Après coup, bien sûr, le comportement de mon père peut paraître dingue. Qu'il ne lui ait pas couru après, je veux dire. Mais il faut bien comprendre que ce n'était pas envisageable que ma mère disparaisse pour de bon. C'était ma mère, c'était sa femme, c'était comme le jour qui se lève chaque matin, tellement normal qu'on n'y fait plus attention. Et puis il devait y avoir de la colère chez mon père, à sa manière de mec qui ne se met jamais en colère. Une petite voix mesquine qui a dû lui souffler à l'oreille « Si elle croit que je vais lui courir après, elle se fourre le doigt dans l'œil jusqu'au coude », ou un truc du genre. Un truc d'homme et de femme mariés depuis longtemps et qui ont plein de petits comptes à régler sans même vraiment le savoir. Des manies qui agacent, une usure de l'amour, l'affection un peu passée de couleur. Mais ça ne voulait pas dire que mon père n'aimait plus ma mère. Il en était dingue – les mois suivants allaient en apporter la preuve –, c'était seulement qu'il l'avait oublié. Et que la journée avait été longue. En tout cas, il a répété : « Je vais voir le service de livraisons. » Je suis certain qu'il pensait que maman serait dans la voiture à son retour.

Sauf que non.

– T'as pas vu ta mère ? qu'il m'a dit.

J'ai secoué la tête et il a froncé les sourcils. Il a regardé le parking autour de nous et puis il s'est gratté le crâne.

– Aide-moi, il faut rapporter tout ça au guichet, ils vont nous livrer la semaine prochaine.

Alors on a remis les cartons sur le chariot, toujours sous la pluie. J'avais une boule dans le ventre, et je sais que mon père ressentait la même chose, anxieux comme il l'est de tout.

J'ai hérité ça de lui, l'inquiétude chronique. Par exemple, il a fallu batailler ferme pour que je puisse aller seul au lycée alors qu'il a tenu à m'accompagner au collège jusqu'en troisième ! De même, je n'ai jamais fait une seule sortie scolaire parce qu'il ne voulait pas que je prenne le car de peur qu'il y ait un accident. Et je ne parle même pas de l'idée d'avoir un scooter, qui ne m'avait d'ailleurs jamais traversé l'esprit, par une sorte d'autocensure qui était devenue chez moi une seconde nature. Je savais que mon père serait contre, alors autant me persuader à l'avance que je n'en avais pas envie ! Ses parents, avant leur retraite, avaient été fleuristes ; ils avaient souvent des commandes pour des enterrements – couronnes, gerbes... – et ne manquaient jamais, quand il s'agissait du deuil d'un enfant ou d'un adolescent, de le rapporter à mon père, surtout s'il s'était tué en deux-roues.

Mon père devait donc déjà être en train d'imaginer le pire pour ma mère, comme je le faisais aussi, et je suis sûr que c'est encore la petite voix mesquine qui lui a dicté d'attendre qu'on en ait fini pour de bon avec Ikea avant d'appeler maman sur son portable. Il avait toujours en tête qu'elle allait revenir d'elle-même et qu'il allait pouvoir lui tirer la gueule et la faire culpabiliser.

Mais elle n'était toujours pas à la voiture à notre retour du service de livraisons et il a enfin sorti son téléphone.

Il est tombé sur sa messagerie.

– C'est moi. Heu... On est encore sur le parking, là, avec Pierre, et on se demande où tu es. Rappelle-moi.

On. *On* se demande où tu es. Pourquoi n'avait-il pas dit *je*. *Je* me demande où tu es, *ma* chérie, *je* m'inquiète, tu *me* manques. Non, il avait dit *on*. *On*, justement, ne peut pas refaire l'histoire, mais je me suis dit souvent depuis que peut-être, s'il s'était inquiété plus vite, s'il avait dit *je* sur le répondeur, maman, en entendant ce message, car elle l'avait sûrement écouté, aurait fait demi-tour. Si elle avait senti de l'amour dans ces mots. Mais il lui en voulait de ce tour qu'elle nous jouait. Il ne pouvait pas savoir que c'était bien plus qu'un tour. Moi aussi je lui en voulais. J'en avais ma claque de ce parking et de cette nuit froide. Je n'avais pas terminé de travailler mon piano, j'avais une interro à réviser pour le début de semaine, j'avais froid, j'avais peur. Pourtant, je me disais, sans bien savoir comment elle aurait fait sans la voiture, qu'à notre retour, maman serait à la maison. Simplement parce que c'était sa place. À la maison. Dans ma vie. Ma mère.

On a roulé en silence entre Plaisir et Versailles. Le téléphone n'a pas sonné, et l'appartement était plongé dans le noir à notre arrivée.

Mon père a de nouveau essayé le portable et a laissé un autre message. Puis il m'a dit d'appeler bonne-maman. S'il ne l'a pas fait lui-même c'est parce qu'ils ne s'entendaient pas tous les deux. Ils étaient polis et tout mais c'était juste de la bonne éducation un peu froide. Papa savait que bonne-maman le trouvait ordinaire, et bonne-maman savait que papa la trouvait casse-bonbons, *bonbons* étant la traduction simultanée du mot *couilles* dans la famille puisqu'il était interdit de prononcer le moindre gros mot. On pensait couilles mais on disait bonbons, c'est une question d'habitude.

Bonne-maman a décroché au bout de trois sonneries. C'est toujours elle qui décroche, jamais mon grand-père, c'est pour ça que mon père n'appelle jamais lui-même et qu'on ne dit jamais qu'on va téléphoner aux grands-parents, mais toujours à bonne-maman. De même, on va déjeuner chez bonne-maman, ou on a reçu une carte postale de bonne-maman.

– Bonne-maman, c'est Pierre.

– Pierre-Marie, quelle bonne surprise ! Comme vas-tu ?

– Ça va je... Je voulais te demander. Heu... Est-ce que maman est chez toi ?

– Ta mère ? Pourquoi serait-elle chez moi ?

– Je sais pas, comme ça. On...

– Elle ne devrait pas être avec vous ? Et ton père, il est où ton père ?

– Il est là.

– Et il ne sait pas où est sa femme ?

Je n'avais aucune envie d'expliquer l'affaire à ma grand-mère, le coup du parking Ikea, de maman qui s'éloigne sans un mot... Je n'avais pas envie de l'inquiéter et surtout, en imaginant comme je m'y serais pris, je comprenais soudain encore mieux qu'il y avait vraiment de quoi s'inquiéter. Ma mère s'était éloignée sans prévenir, ne répondait pas sur son téléphone et était introuvable deux heures plus tard. Ça revenait à dire qu'elle avait disparu !

– C'est juste qu'on n'arrive pas à la joindre, elle va sûrement rappeler.

– Passe-moi ton père, a dit bonne-maman avec sa voix de quand elle prend les choses en mains.

L'une de celles, nombreuses, que détestait mon père.

Il m'a fait des grands signes « non » et j'ai inventé un bobard.

Vingt minutes plus tard, le téléphone sonnait. Mon père s'est précipité, moi dans son ombre, persuadés que c'était maman.

– Patrick. C'est Marie-Luce. Est-ce que ma fille est rentrée ?

Je me tenais près de mon père et j'entendais la voix de ma grand-mère dans le combiné. Elle avait dit *ma fille*, et ça sentait le reproche à plein nez, ça voulait dire « celle que vous ne méritez pas », « celle dont vous n'êtes même pas capable de vous occuper », « celle qui aurait dû suivre mes conseils et ne jamais vous épouser ».

– Non, a répondu mon père. Mais…

Elle ne l'a pas laissé continuer et s'est mise à l'interroger. Mon père a fini par lui raconter l'épisode Ikea.

– Et vous êtes là, à attendre sans rien faire !

– Qu'est-ce que vous voulez que je fasse, bonne-maman ?

– Que vous appeliez la police, par exemple ! Ma fille a disparu depuis trois heures sur le parking d'un centre commercial de banlieue, il peut lui être arrivé n'importe quoi !

Dans la bouche de ma grand-mère, banlieue n'était pas une simple indication géographique qui aurait voulu dire « à la périphérie de Paris ». Après tout, Versailles aussi était en banlieue ! Mais pas la même. Il s'agissait de la banlieue de bonne-maman qui, où qu'elle se trouve, était peuplée de personnes infréquentables, basanées et dangereuses.

En attendant, c'était vrai qu'il aurait pu arriver n'importe quoi à maman, mais je savais que mon père n'appellerait pas la police. Pas tout de suite. De peur de déranger. J'étais comme lui, toujours à imaginer le pire, à penser aux conséquences de chacun de mes actes, mais avec la crainte d'embêter les autres pour rien. On m'avait élevé ainsi, avec l'idée qu'il ne fallait pas faire de vagues, pas se faire remarquer.

Le portable de mon père a bipé. Très vite, il a raccroché en disant à bonne-maman que tout allait bien, que c'était maman qui appelait.

En fait, c'était un SMS. Mon père l'a lu, a froncé les sourcils et a rappelé maman. Répondeur. Il a relu le message puis a levé les yeux qui sont tombés dans les miens. Sans un mot, il m'a tendu son téléphone. J'ai lu à mon tour :

Ne vous inquiétez pas pour moi.
Je n'en peux plus, c'est tout.

TOUT OU RIEN

Le lendemain, dimanche, à 10 h 50 j'étais prêt mais mon père m'a dit qu'il ne venait pas à la messe. C'était la première fois, aussi loin que je puisse me souvenir.
– Je reste à la maison, au cas où ta mère appelle.
Du coup, je me suis senti mal d'avoir entamé la journée comme si de rien n'était. Puis j'ai été tenté de dire que je restais avec lui, mais je n'ai pas osé, à moins que ce soit parce que je savais très bien que ç'aurait été une manière peu glorieuse de profiter de la situation pour sécher la messe. N'aurais-je pas dû, en ce dimanche matin, lendemain de la disparition de ma mère, être plus affecté ? J'avais dormi profondément, m'étais réveillé affamé, prêt pour un gros petit déjeuner dominical... C'était presque un dimanche normal. Presque seulement, car j'avais un pincement au fond de moi, un mal-être, une inquiétude physique, comme quand on sent qu'on va être malade le lendemain, que la gorge commence à gratter quand on

avale sa salive. À voir sa tête, papa, lui, n'avait pas dû dormir de la nuit, et je ne doutais pas qu'il avait imaginé le pire, sous toutes ses formes. Je l'ai laissé seul à la maison, en pyjama et pas rasé, pour partir à l'église, juste au bout de la rue Neuve-Notre-Dame, où nous habitions.

On ne parlait jamais de religion, mais on allait à la messe et au catéchisme, sans se poser de questions, parce que c'était ainsi depuis toujours, une évidence, un automatisme, tel que se laver les mains avant de passer à table. On avait appris tout petit.
Est-ce que je croyais en Dieu ? J'aurais dit oui si on m'avait posé la question. Mais pourquoi la poser ? L'éventualité qu'il n'y ait pas de Dieu était inconcevable et bien trop effrayante. Ce n'était même pas une éventualité. Pour autant, Dieu n'était pas dans ma vie, je n'y pensais jamais, même pendant la messe. Beaucoup d'enseignements de mes heures de catéchisme me plongeaient dans de vraies réflexions, voire me tourmentaient – le bien et le mal, aimer son prochain, les péchés capitaux… – mais je ne reliais pas tout cela directement à Dieu, plutôt à la vie que je menais ici-bas, que je voulais mener, qu'il me fallait mener, à mon permanent sentiment de culpabilité et à l'approbation ou à la désapprobation de ma grand-mère maternelle.
Bonne-maman était une femme très pieuse. C'est ainsi que j'entendais souvent parler d'elle avec respect. Marie-Bertille, la sœur cadette de ma mère aussi, mais on disait

plutôt, avec un petit sourire en coin, qu'elle était « une grenouille de bénitier ». Elle avait trois ans de moins que ma mère et lui ressemblait beaucoup. La même, mais sans soleil, sans la grâce ; pâle, maigre, rasant les murs de la vie avec, dans les yeux, une sorte de regret d'être là. Elle semblait vivre à genoux et tout en elle, sa voix, sa gestuelle, ses pas, paraissait présenter des excuses d'être venue au monde. Elle croulait sous le poids des péchés de l'humanité, faute d'avoir l'occasion d'en commettre elle-même dans la vie étriquée qu'elle s'était fabriquée.

Je dis cela avec le recul, à l'époque, elle était juste la tante un peu folle et pas marrante, pour laquelle maman se faisait du souci. Pourtant je l'aimais bien, depuis le jour où nous partagions un secret, celui qu'elle pouvait être jolie. Je ne sais plus quel âge j'avais alors, moins de huit ans. C'était chez bonne-maman, pour un interminable déjeuner en famille. J'avais surpris ma tante en train de se recoiffer en cachette face à un miroir. Brune, jamais maquillée, regardant toujours le bout de ses chaussures plates, elle portait un carré très sage que retenait un serre-tête bleu marine en velours. Elle était seule – ou en tout cas le pensait – dans le vestibule du rez-de-chaussée de la maison de la rue Mademoiselle, et elle remettait son serre-tête. Un instant, elle a penché son visage sur le côté et a remonté sa mèche d'un geste très féminin, un rien alangui. Elle m'a alors vu qui la regardais, et a rougi aussitôt. Puis, rassurée que ce ne soit que moi, elle m'a souri. Mais un vrai sourire, avec les yeux aussi, le premier véritable que je lui voyais, ni froid ni illuminé par l'adoration divine. Un sourire de femme. Pas celui de la tante Bertille et de ses jupes longues, ses collants opaques bleu marine, ses chemisiers ras du cou, son missel et sa voix un peu trop haut perchée. Ça n'avait duré qu'un instant, mais ce sourire était un pacte entre elle et moi. Je savais. Je savais qu'elle pouvait être jolie, et je savais surtout qu'elle le savait aussi.

Ce dimanche-là, le lendemain d'Ikea, j'ai compris que ma tante n'était pas au courant de la disparition de ma mère quand, en m'embrassant de ses joues glacées, elle m'a demandé :

– Marie-dé n'est pas là ?... Joyeux anniversaire mon chéri.

Je n'ai pas eu le temps de lui répondre que bonne-maman m'a attrapé par la main et m'a tiré à l'écart. Elle portait son tailleur bleu marine des dimanches serré à la poitrine, qu'elle avait très volumineuse et sur laquelle était épinglé un camée qui me fascinait depuis l'enfance. Ses cheveux blancs aux reflets bleutés étaient relevés dans un complexe chignon qui affinait son visage un peu rond et mettait en valeur ses yeux d'un bleu de glacier.

– Alors ? m'a-t-elle demandé.

– Rien.

– Et ton père ?

– Il attend qu'elle appelle.

Elle a eu une moue pincée mais n'a rien ajouté, sinon qu'elle n'avait pas dormi de la nuit. Alors que les cloches ont sonné le rassemblement des fidèles, mettant fin à mon grand soulagement à notre conversation, j'ai repensé aux derniers mots de ma mère : « Je n'en peux plus, c'est tout. »

C'est tout ? Voulait-elle dire que ce n'était pas grand-chose ? Peu de choses ? Que c'était « seulement » qu'elle n'en pouvait plus ? Ou bien que « c'est tout » au sens « c'est fini » ? Mais qu'est-ce qui était fini ? Ou encore que c'était « tout » qui faisait qu'elle n'en pouvait plus ? Mais tout quoi ? À ce tout, moi, je ne comprenais rien.

ALIX

– C'est tout ?
– Ben oui.
– Et rien depuis ? a encore demandé ma sœur Alix.
– Non, papa a essayé de l'appeler une bonne centaine de fois, mais rien. Dimanche, il lui a envoyé un paquet de SMS aussi, mais sans réponse. Il a même bidouillé son téléphone pour recevoir un accusé de réception quand ses messages s'affichent sur le téléphone de maman. Au moins, il est sûr qu'elle les reçoit.
– Et Béa ?

Béatrice, la meilleure amie de ma mère, et sa collègue, aussi.

– Tu penses bien qu'on l'a appelée tout de suite ! Elle ne sait rien. Tante Bertille non plus, je l'ai vue à la messe.
– Et oncle Jean ? m'a demandé Alix.

Jean-Marie, le cadet de Marie-des-Neiges et de Marie-Bertille, vit au Québec depuis ses vingt et un ans.

– Vous lui avez téléphoné ?

– Pourquoi veux-tu qu'il ait des nouvelles ?
– Maman aurait pu l'appeler ?

C'était vrai, bien sûr, ma mère adorait son petit frère, et j'ai pensé qu'il faudrait que je dise à papa de lui envoyer un mail, au cas où, mais je ne pouvais envisager qu'elle donne des nouvelles à sa meilleure amie ou à son frère et pas à nous, son mari et son fils ! Ou alors cela voulait dire qu'elle nous fuyait !

Alix a repris les derniers mots de maman : « Je n'en peux plus, c'est tout. »

Puis il y a eu un blanc.

Dans la famille, on n'a jamais été les champions de la communication. On parle peu, on ne se touche jamais, on ne s'embrasse qu'une fois l'an, le 1er janvier (sauf tante Bertille qui embrasse tout le monde comme si c'était chaque fois la fin du monde), et on en est gênés. Je n'ai jamais vu mes parents s'enlacer, à part une fois, je devais avoir neuf ans, quand mon père a passé un bras autour de la taille de maman pour la serrer contre lui. Mais elle s'est dégagée aussitôt en lui disant d'une voix indignée : « Pas devant le petit. » Je me souviens que ce jour-là mon cœur s'était mis à battre plus vite. J'avais eu l'impression d'être le témoin de l'ébauche de la révélation d'un grand secret, celui que des parents ne sont pas toujours que des parents, pas seulement des gens qui font en sorte qu'il y ait à manger dans le frigo, qu'on soit à jour dans les vaccins, qu'on ferme son blouson quand il fait froid, qu'on se couche à l'heure, qu'on se lave les dents, qu'on parte en vacances. À l'image des maîtresses qui, finalement, ne dorment pas dans la classe et ont une vie en dehors, un mari, des enfants, des amis, des joies et des peines, les parents auraient une vie en dehors du bien-être de leurs enfants ? À part le travail bien sûr, parce que le travail, c'est pour gagner l'argent qui, justement, permet de conserver le bien-être des enfants. J'avais des doutes pour mes parents, et j'ai souvent pensé que je devais être un bébé éprouvette, parce qu'une hypothèse plus naturelle me semblait impossible. Ce n'est que vers onze ans, la première fois que j'ai découché pour dormir chez mon copain Mathias (ça avait été une aventure pour convaincre mon père alors que les parents de Mathias habitaient à cinq minutes à pied !), que j'ai découvert qu'il y avait des familles où tout le monde parlait en même temps, rigolait à table, se serrait dans les bras les uns les autres, s'embrassait matin et soir et se disputait ouvertement. Pas chez nous.

Et pour ma part, je n'avais jamais tant parlé à Alix, ma sœur aînée, en vérité Marie-Alix, que depuis qu'elle n'était plus là. Mails, SMS, Messenger…

– Je pense que c'est ton absence qu'elle ne supporte plus, maman, j'ai envoyé à ma sœur.

La réponse s'est fait attendre. J'ai aussitôt regretté d'avoir dit ça. Pourtant, ce n'était pas une vacherie de ma part, c'était exactement ce que je pensais. Alix l'a mal pris, évidemment, et m'a répliqué :

– C'est quoi ton problème ? T'as tes règles ou quoi ?

Ça m'a filé un coup au cœur tellement je détestais quand elle me disait ça.

– Très drôle, j'ai répondu. Et puis nouveau ! Tu vas me la ressortir longtemps, celle-là ?

– Jusqu'à la fin de tes jours, petit frère.

Alix me manquait à moi aussi. Elle nous manquait à tous. La vie sans elle était plate et grise, notre famille rabougrie, atrophiée. J'aurais tant voulu pouvoir revenir en arrière, et passer de nouveau mon temps à me chamailler avec elle, à la trouver insupportable, à la voir lever les yeux au ciel dès que je lui adressais la parole. Son foutu caractère me manquait.

On a fait la paix aussitôt, et Alix m'a souhaité un joyeux anniversaire, même si c'était avec un jour de retard. De toute façon, ç'avait été le plus étrange anniversaire de ma vie, que mon père aurait totalement oublié si bonne-maman n'avait pas téléphoné à quinze heures pour nous rappeler qu'elle nous attendait pour le dessert. J'y suis allé seul, et y ai soufflé mes bougies sur la galette des rois dans un silence tendu.

À mon retour, papa m'a donné mes cadeaux et son regard est reparti dans le vague avant que j'aie le temps de les déballer : l'intégrale en CD des symphonies de Gustav Mahler, et celle, en DVD, de la saison 14 des Simpson. En temps normal, j'aurais bondi de joie.

ADAGIO
UN POCO MOSSO

Le lundi était la journée que j'aimais le moins dans la semaine. Pas très original. C'était le seul jour où je devais aller au lycée matin et après-midi. J'étais en horaire aménagé musical, et du mardi au vendredi, je passais les après-midi au conservatoire de Versailles. Je détestais le lycée (j'avais également détesté le collège) mais j'adorais la musique. Je faisais du piano et ce qui va avec : solfège, chorale, histoire de la musique… Mon rêve était de devenir concertiste, et d'interpréter un jour le *Cinquième Concerto* de Beethoven, *L'Empereur*, salle Pleyel à Paris. Beethoven n'est pas mon compositeur favori, mais ce concerto est mon œuvre préférée, que nous écoutions toujours en voiture, sur la route des vacances, mes parents devant et ma sœur et moi derrière, chantant à tue-tête, connaissant chaque note et chaque nuance par cœur. Souvent, seul dans ma chambre, je m'imaginais, les yeux fermés, bien droit sur le tabouret alors que les cordes entamaient l'*Adagio un poco mosso* et que le public retenait son souffle dans l'attente que j'égrène les premières notes du deuxième mouvement. J'en avais des frissons. C'était pour ce moment-là, pour la réalisation de ce rêve, de ces sept minutes trente-cinq de grâce que je faisais deux heures de piano chaque jour en semaine, trois le samedi et trois le dimanche. Je n'étais pas le plus doué du conservatoire, mais certainement l'un des plus motivés. J'avais encore beaucoup de chemin à faire techniquement, et ce n'était pas un hasard si, dans mes rêves, c'était toujours le deuxième mouvement que j'interprétais. Pour Beethoven ou d'autres compositeurs, comme Ravel et l'*Adagio assai* de son *Concerto en sol* que j'adorais aussi. Le deuxième mouvement d'un concerto est le mouvement lent, celui qui fait la part belle à l'interprétation, à la sensibilité du pianiste, mon point fort. Et le rêve devenait cauchemar quand j'en arrivais à la virtuosité des premier et troisième mouvements, *allegro*, *vivace*, *presto*... Moi, j'étais plutôt *adagio*, *delicato*, *expressivo*, *moderato*, *teneramente*, *dolcissimo*...

Ce lundi-là, je me sentais surtout *Affannato*, angoissé. Aucune nouvelle de ma mère depuis le samedi après-midi. J'ai assisté à chaque cours sans même m'en rendre compte, repensant à ce que m'avait dit mon père au petit déjeuner, qu'il ne recevait plus d'accusé réception de ses SMS. Qu'est-ce que ça signifiait ? Que maman avait coupé son téléphone, qu'elle ne voulait même plus être dérangée par l'arrivée des messages, que sa batterie était vide ?

On pouvait tout aussi bien imaginer que depuis son SMS qui nous disait de ne pas nous inquiéter, le téléphone soit perdu quelque part, que ma mère l'ai laissé tomber au moment de se faire enlever par des types jaillis d'une grosse Mercedes noire ? Et si ce n'était pas elle mais ses ravisseurs qui avaient envoyé le message ? On pouvait tout imaginer puisqu'on ne savait rien. Rien.

Quand je suis rentré du lycée, mon père était près du téléphone, livide. Il était allé chez les flics, qui avaient pris des notes et promis de faire le nécessaire. Il avait parlé à Béa, qui ne savait rien et s'inquiétait aussi (elles avaient un important rendez-vous de boulot le matin et ma mère ne s'y était pas présentée), avait appelé les boîtes pour lesquelles maman travaillait en free-lance en tant que chargée de communication. Comme je le lui avais suggéré, il avait aussi contacté l'oncle Jean, qui ne savait rien non plus.

Il avait l'air impuissant et accablé, fragile soudain, et avec un pli au milieu du front que je ne lui connaissais pas et qui lui donnait un air d'enfant soucieux. Une fois toutes ces démarches énumérées, il m'a demandé :

– Qu'est-ce que je dois faire maintenant, Pierre ?

Mon cœur s'est mis à cogner. Ma vie me faisait l'impression d'être un château de sable dont les fondations étaient attaquées par la marée montante. La trouille m'a pris et j'ai ressenti une envie brutale, un besoin directement surgi de mon enfance : me réfugier dans les bras de ma mère. Cocasse.

UN CHIC TYPE

Le lendemain, le mardi, mon père était encore en pyjama à l'heure du petit déjeuner. Une première pour un jour de semaine.

Depuis toujours il déjeunait douché et rasé, les manches de sa chemise blanche un peu remontées, puis je le voyais nouer sa cravate, enfiler la veste de son costume gris ou bleu marine à fines rayures blanches et ramasser une sacoche en cuir noir. Au moment de partir, maman, qui travaillait le plus souvent à la maison, lui redressait sa cravate ou époussetait les pellicules sur ses épaules comme elle fermait les derniers boutons de mes chemises ou de mes blousons et m'obligeait à enfiler la deuxième sangle de mon sac à dos.

Papa était sous-directeur de la banque que possédait mon grand-père maternel et ne parlait jamais de son travail. Un soir, Alix et moi avions eu la curiosité de fouiller sa sacoche noire, en cachette, et n'y avions trouvé que l'exemplaire du jour, absolument pas froissé, du journal *Le Figaro*, et deux vieux exemplaires tout racornis à force d'être lus du magazine *Spirou*, des numéros datant de son enfance tels que ceux qu'il gardait en cartons à la cave.

Au lycée, nous avions un contrôle d'histoire pour lequel, avec tous ces événements du week-end, je n'avais absolument pas révisé. Heureusement, Mathias m'a laissé copier sur lui, et j'ai fait bien attention de modifier une réponse, pour que la prof ne se rende compte de rien.

Je connais Mathias depuis la maternelle. Après l'année de CP chacun dans un établissement différent, on s'est retrouvés en CE1 à l'école Jean-Baptiste-Lully, en classe musicale à horaire aménagé. L'une des particularités de cette filière est son petit effectif et le fait que l'on retrouve chaque année les mêmes élèves dans sa classe. Au lycée, nous n'étions plus que douze, dont neuf étaient avec moi depuis le primaire. Dont Mathias, mon meilleur ami, qui jouait du cor d'harmonie, était passionné de foot, très bon en classe mais sans jamais la ramener, bien meilleur que moi au karaté où nous allions ensemble le mercredi soir, que je n'ai jamais surpris à dire le moindre mensonge, à médire dans le dos de qui que ce soit, à dire du mal de ses parents, à envier les autres… Une illustration vivante des dix commandements, mais avec de l'humour, bon camarade, ouvert, curieux… « Un chic type », comme aurait dit mon grand-père. Droit, simple, franc. Quelqu'un auprès de qui, dès la maternelle, je m'étais senti inférieur, moi qui, sans être quelqu'un de mauvais, ne manquait pas de mentir à l'occasion, de jalouser les autres, de tricher en classe, de lorgner sous les jupes des filles, de me vanter, bref, d'être comme tout le monde. Pas Mathias. Il était différent. En cinquième, pour essayer d'impressionner les filles, je m'étais mis à fumer au début du deuxième trimestre. Des Camel, parce que j'aimais bien le paquet même si je trouvais ces cigarettes encore plus dégueulasses que les autres. Je fumais (sans avaler) devant la grille du collège, en prenant des poses viriles, moi qui n'avais pas encore le moindre bouton d'acné ni de poil au menton. Un matin, Mathias, qui lui bien sûr ne fumait pas et ne cherchait pas à impressionner les filles (et les impressionnait d'autant plus), m'avait dit que j'avais l'air d'un imbécile avec ma cigarette au bec. Puis il était entré quand l'heure des cours avait sonné. Je l'avais cru. Mathias ne mentait jamais et ne m'avait pas dit ça pour me blesser, par jalousie ou je ne sais quoi, mais simplement parce qu'il le pensait, parce que c'était la vérité. Me sentant rougir, j'avais laissé tomber ma Camel sur le sol, l'avait écrasée du talon et n'ai plus jamais refumé.

Un autre souvenir, en troisième cette fois. J'avais passé le samedi après-midi chez lui et, dans le jardin des voisins, il y avait des enfants qui jouaient en criant, en riant. J'avais sorti une boutade, un truc idiot, pour dire quelque chose du genre « Faites-les taire ! » ou « Donnez-moi une bombe que je les fasse faire ! », une vanne bidon et pas drôle comme tout le monde en sortait à longueur de temps, jouant les chroniqueurs télé qui se poussent du coude pour avoir le dernier mot. Mathias, lui, m'avait dit qu'il rêvait du jour où, avec sa femme, il préparerait le goûter de ses enfants. J'en étais resté sidéré. Si moi je rêvais de faire l'amour avec toutes les filles que je croisais sans exception (et même les moches, surtout les moches d'ailleurs, parce qu'elles m'impressionnaient moins), l'idée d'en avoir le moindre enfant relevait plutôt du cauchemar.

Pour dire que Mathias n'était pas, et n'est toujours pas, comme les autres.

« VOUS ME FAITES CHIER, BONNE-MAMAN »

Trompette, cor, violon, piano, harpe, hautbois, basson... Accords, désaccords, harmonies, vocalises, dissonances... Des notes s'échappent des fenêtres ouvertes, de droite et de gauche, et dansent dans l'air de la cour pour une cacophonie qui est la bande-son de mon adolescence.

J'ai toujours aimé le conservatoire de musique de Versailles. Le lieu, le bâtiment, l'hôtel de la Chancellerie plein de recoins, de couloirs, de portes dérobées, de parquets qui grincent. Plein de coulisses, d'instruments stockés, d'alignements de contrebasses, de pianos droits et à queue, de caisses claires ou grosses, de xylophones, vibraphones, de partitions, de pupitres... Un rassurant désordre, qui sent la poussière et le bois, où les emplois du temps sont biscornus, les profs un peu fous à force de vouloir faire tenir leurs rêves déçus dans leurs costumes trop étroits d'enseignants. Tous, sans exception, comme moi-même, ont un jour rêvé de concerts et de gloire, et tous ont dû réviser leurs ambitions à la baisse. Ce qui donne à l'arrivée des profs différents des autres, plus indulgents, moins adultes, qui débordent un peu de partout, dont les coutures ne sont pas loin de craquer, plus tendres car émotifs, car écorchés. Et qui n'ont pas oublié qu'ils aiment ce qu'ils enseignent.

L'après-midi au conservatoire s'est bien passé ce mardi-là. Piano et solfège, je terminais à 15 h 30, à la même heure que Mathias mais si, d'habitude, on faisait un bout de chemin ensemble, je suis cette fois rentré au pas de course en traversant la place d'armes sans un regard pour les grilles du château, pressé de savoir si papa avait eu des nouvelles de maman.

Je l'ai trouvé assis par terre au milieu des cartons Ikea, toujours pas rasé. Il m'a raconté sa deuxième visite au commissariat, la désagréable impression qu'il avait eue de déranger les flics qui n'avaient rien de neuf et lui avaient assuré faire leur maximum. Le téléphone a sonné et il s'est levé d'un bond pour se jeter sur le combiné. J'ai compris à sa tête que c'était ma grand-mère.

– Non bonne-maman, rien de neuf. Je sais. Non… Je… Écoutez, il faut que vous arrêtiez d'appeler tout le temps, la ligne doit rester libre. Non. Écoutez… Qu'est-ce que vous voulez que je fasse de plus ?… Non… Mais écoutez-moi, bordel !… Bonne-maman. Bonne-maman. Ça suffit ! Vous me faites chier, bonne-maman. VOUS ME FAITES CHIER !

Il a raccroché. On s'est regardés. On s'est souri. Notre premier sourire depuis le samedi soir. Quel soulagement ce gros mot qui avait claqué dans la pièce et s'était fièrement élevé jusqu'aux moulures du plafond de l'appartement dans lequel cinq générations de d'Alembert avaient vécu !

« Vous me faites chier, bonne-maman. » Je ne sais pas si j'ai jamais autant aimé mon père qu'en cet instant précis.

L'ÉCLAIR AU CHOCOLAT

J'observais la pousse de la barbe de mon père. Elle lui allait bien, affinait son visage, le rendait plus tranchant. La fin de semaine arrivée, il n'était plus le même homme, comme s'il avait grandi, pris de l'envergure. Il ne quittait l'appartement que pour se rendre chez les flics, deux fois par jour, sans résultat. Sinon il restait en T-shirt et en jean, pieds nus, s'était remis à fumer alors qu'il avait arrêté à la naissance d'Alix et s'acharnait sur mes meubles Ikea. Il n'avait jamais été un manuel, et des pansements fleurirent rapidement à chacun de ses doigts, au même rythme que de savoureux jurons dans son langage.

On mangeait des pâtes à chaque repas et on ne parlait pas de maman. On l'attendait.

Le vendredi en fin d'après-midi, après mes deux heures de piano, je me suis tenu un moment à l'entrée de ma chambre pour l'observer, assis par terre, un tournevis à la main, les notices de montage étalées entre ses jambes.

Il pleurait. Sans bruit. Je ne voyais que son dos agité par les sanglots.

Dans la salle de bains, je suis resté longtemps à me regarder dans le miroir. À la naissance, je ressemblais beaucoup à ma mère, mais chaque année ensuite j'étais passé un peu plus du côté de mon père dont je commençais à adopter les traits, sans compter que je n'étais plus très loin d'être aussi grand que lui. Par contre, en guise de barbe, j'avais un duvet brun ridicule au-dessus des lèvres et je ne l'ai soudain plus supporté. J'ai fouillé l'armoire au-dessus du lavabo et trouvé la mousse à raser de papa et une pochette pleine de rasoirs jetables.

Je ne savais pas quoi penser de mon physique. Châtain presque blond dans mes premières années, j'étais devenu très brun, comme papa. J'avais les yeux clairs, mais pas dans les bleus de maman et de bonne-maman, plutôt un mélange de noisette et de vert inédit dans la famille, mon père ayant les yeux si marron qu'ils paraissaient noirs. Une fille, en CM1, m'avait dit que je ressemblais à Gérard Philipe, un acteur que je ne connaissais pas mais dont j'avais fini par trouver une photo en noir et blanc sur Internet, et que j'avais trouvé beau. Celle qui m'avait fait ce compliment était mon amoureuse officielle, ce qui voulait dire que j'étais censé l'aimer mais que la réciproque dépendait des jours et de son humeur. Elle m'en a fait baver, soufflant sans cesse le chaud et le froid, et je n'oublierai jamais le jour où, à la récré, ne me quittant pas des yeux, elle a embrassé avec la langue sa copine Laurence. Si je ne me trouvais pas beau, je savais que je n'étais pas laid, en tout cas plus séduisant que Mathias, avec les traits plus fins. Bonne-maman disait toujours que j'avais des traits féminins, ce qui, dans sa bouche, était élogieux, mais me désespérait. Ma sœur Alix, à qui je ne ressemble pas, a été très belle dès le plus jeune âge, avec les longs cheveux blonds, les yeux en amande et le visage régulier de ma grand-mère maternelle.

J'avais un creux dans le ventre. C'était la deuxième fois que je voyais mon père pleurer, et des larmes me sont venues au souvenir de la première. Effaçant mon lamentable duvet (Mathias n'avait peut-être pas les traits fins et féminins mais lui au moins, il se rasait déjà pour de bon deux fois par semaine), j'ai pleuré silencieusement, délicieusement, lâchement, m'abandonnant à la douce chaleur d'un chagrin déjà consommé, bien connu, familier, presque réconfortant.

Une fois mon visage rincé, j'ai passé ma main sur mes joues mais n'ai pas entendu le bruit viril espéré de mes doigts sur mes poils hérissés. J'avais une peau de bébé, désespérément douce.

Mon père avait abandonné le montage de ma chambre jusqu'au lendemain et était assis devant la télé. Il n'y avait plus rien dans le frigo, et j'en avais marre des pâtes, d'autant plus qu'il n'y avait plus de ketchup.

J'ai soupiré, fort, pour chasser l'angoisse que je sentais monter, résultant du dispersement total et brutal des habitudes qui balisaient ma vie qui me faisait l'impression d'être un jeu de cartes en train d'être battu.

J'ai enfilé mon blouson et, sans même lui demander la permission, ai pris de l'argent dans le portefeuille que mon père laissait toujours dans le vide-poche du vestibule.

À presque vingt heures, tous les magasins étaient fermés sauf la boulangerie du bas de la rue de la Paroisse.

La patronne, que je connaissais depuis toujours, s'appelait Adelia. Elle était portugaise par sa mère, son père était mort quand elle était petite et c'était son beau-père qui faisait le pain et qui apparaissait parfois au fond de la boutique, en débardeur, la peau blanche comme si la farine y était incrustée.

– On ne voit plus ta mère en ce moment ? m'a dit Adelia.

– Elle est en vacances.

– Ton père aussi ?

– Non. Enfin oui, mais il n'est pas parti, il bricole.

– Alors vous êtes tous les deux, entre hommes ?

J'ai souri. Elle aussi. Elle avait un très beau sourire, et des seins qui m'avaient toujours fasciné et donné envie de m'y blottir, de m'y réfugier. Elle avait la taille fine et portait souvent des vêtements ajustés. Très brune, elle avait largement plus de moustache que moi, mais ça ne l'empêchait pas d'être jolie. Depuis tout petit, j'avais le béguin pour elle, un simple attachement d'enfant, sans doute parce qu'elle était très différente des seules femmes que je connaissais, c'est-à-dire celles de ma famille. Adelia parlait fort, riait en lançant sa tête en arrière, mettait souvent ses mains sur ses hanches et avait un accent qui donnait envie de partir en vacances. Ma mère l'appelait « cette pauvre Adelia » parce qu'elle était veuve. C'est un mot qui m'impressionnait. Comme un grade. J'en connaissais trois : « cette pauvre Adelia », donc, « la veuve du général », qui vivait dans l'appartement en dessous du nôtre, et ma grand-mère paternelle, Michelle Sonnino « veuve Blanc ». Mais les deux dernières étant de vieilles femmes, elles étaient « naturellement » veuves. Pas Adelia, qui n'avait pas encore quarante ans.

Elle était sur le point de fermer et il ne restait pas grand-chose dans la boutique. Deux quiches lorraines, que j'ai prises, et quelques gâteaux que j'ai regardés avec avidité.

– Deux tartelettes aux pommes.

– Pour ton père, tu devrais plutôt prendre un éclair au chocolat, il en reste un, je te l'offre, il est de ce matin.

Je l'ai regardée d'un air étonné.

– C'est son gâteau préféré, non ?

Première nouvelle.

– Il m'en achète un tous les matins, quand il part au travail.

Deuxième première nouvelle.

En rentrant à la maison, j'essayais d'imaginer mon père passant à la boulangerie après avoir terminé son petit déjeuner, sa sacoche en cuir noir dans une main et enfournant de l'autre l'éclair sur le chemin de la banque, faisant bien attention de ne pas tacher son costume gris ou sa cravate. Ça ne collait pas avec l'image que j'avais de lui, mais ça me plaisait bien.

En mettant les quiches au four, je me suis demandé si maman savait que papa s'offrait chaque jour un éclair au chocolat. J'en doutais.

UNE SEMAINE

– Ça fait une semaine ?
– Oui.
– Qu'est-ce que tu ressens ?
– J'en sais rien.
– Tu te dis, des fois, qu'elle ne reviendra jamais ?
– Non.
– Et si elle était morte ?
– Ta gueule !

Le problème c'est que personne n'avait jamais réussi à lui faire fermer sa gueule, à ma sœur.

– T'as jamais rêvé de la mort des parents ?

Si, mais je n'avais aucune envie d'en parler. Ce n'était pas un rêve, mais une pensée, une hypothèse, une situation dans laquelle je m'étais parfois projeté, avec un brin de masochisme, pour essayer de savoir ce que ça me ferait.

– Est-ce que tu l'aimes, maman ?
– Évidemment !

– Ça n'a rien d'évident, m'a répliqué Alix.

– Ben c'est ma mère !

– Justement. Tu l'aimes, ou tu crois l'aimer, parce qu'elle a toujours été là, qu'elle s'est toujours occupée de toi ? Est-ce que tu l'aimes, elle, qui elle est ?

Je n'étais pas sûr de comprendre où elle voulait en venir, ou alors trop bien, et ça m'énervait.

– L'amour, c'est quand on a le choix. C'est quand on choisit celui ou celle qu'on aime, tu crois pas ?

Je n'ai pas envoyé de réponse. Elle a continué :

– Est-ce que tu penses que tu l'aimerais si elle n'était pas ta mère ? Si elle ne t'avait pas appris à faire tes lacets, soigné quand tu étais malade, consolé quand tu avais un cauchemar ? Si elle ne t'avait pas allaité ?

– Elle ne m'a pas allaité.

J'avais répliqué ça si vite que je me suis aussitôt rendu compte que ça trahissait de la rancœur. Alix, elle, avait été allaitée, mais maman n'avait pas voulu recommencer pour moi, pour reprendre le travail plus vite. Par une étrange association d'idées, j'ai pensé aux seins d'Adelia, la boulangère, que, dès le plus jeune âge, j'avais assimilés à la gourmandise et à l'odeur du pain chaud. Ma mère, elle, avait une toute petite poitrine, pour le peu que j'en avais aperçu, l'été, quand elle était en maillot de bain sur la plage.

– C'est vrai, a répondu ma sœur, et je suis sûr que si ça n'avait pas été sur Messenger, j'aurais entendu une légère ironie triomphante dans sa voix. Mais ça ne change rien à ma question : Est-ce que tu aimerais maman si elle ne t'avait pas aimé ?

Ça devenait trop compliqué pour moi.

– Nos parents, on les aime parce qu'on leur est reconnaissants de nous aimer, non ? Et aussi parce qu'on se sentirait minables de ne pas leur rendre un peu de l'amour et du temps qu'ils nous ont donnés. Mais au fond, est-ce que tu aimes sa façon de parler, de marcher, ses opinions, ses goûts ?

– Aimer ses parents, c'est pas non plus être amoureux d'eux ?

– Pas con, p'tit frère.

Un compliment d'Alix, un jour à marquer d'une pierre blanche : *une semaine après la disparition de ma mère, ma grande sœur m'a fait un compliment.*

– Est-ce qu'elle te manque ?

Je n'ai pas su quoi répondre, ou plutôt, je n'ai pas osé, parce qu'en vérité, maman ne me manquait pas tant que ça. Je me faisais du souci, je pensais sans cesse à sa disparition, mais ce n'était pas du manque. Et puis, même si je n'avais pas du tout envie de creuser cette idée, est-ce que j'étais inquiet pour elle ou pour moi ? Pour elle, à qui il aurait pu arriver quelque chose, ou pour les conséquences de sa disparition dans ma vie, moi qui avais tant besoin de routine, de repères, d'une existence bien réglée ?

– Essaye de dire en trois mots, ce que tu ressens depuis qu'elle est partie.

La grande spécialité d'Alix : les trois mots-clés. Je détestais cet exercice. J'ai soupiré. J'ai tapé *peur* puis je l'ai effacé. Trois mots, c'est peu, il faut être précis.

Inquiétude était plus juste. *Incompréhension. Colère.* Ou plutôt *rancœur*. Je lui en voulais. J'en voulais à maman de nous laisser comme ça, sans nouvelles, ce qui voulait dire qu'au fond, je ne la pensais pas en danger. Et puis un quatrième mot m'est venu : *excitation*. Oui, j'étais excité par la situation, son mystère, ce que ça changeait dans ma vie si tranquille, l'attente que ça créait, le suspense, et la vie seul avec mon père qui se ressemblait de moins en moins chaque jour. Et cette sensation-là était totalement nouvelle pour moi, une vraie découverte, un peu grisante. La griserie étant elle aussi une grande nouveauté dans ma vie.

– On avait dit trois mots, m'a répliqué Alix.

– Faudra faire avec quatre.

Et je me suis déconnecté, fatigué de cette conversation qui ressemblait à un interrogatoire. Je suis resté quelques instants immobile, assailli d'une foule de souvenirs de ma mère, de sa présence, de son parfum, de sa voix et elle m'a soudain cruellement manqué.

Puis mon portable a vibré. Un SMS. D'Alix, évidemment.

Et mamie ? C'est pas aujourd'hui ?

J'ai soupiré. Mamie, la « veuve Blanc », était dans une maison de retraite depuis des années et si mon père allait la voir toutes les semaines, nous les enfants, nous relayions pour l'accompagner un samedi sur deux, une fois Alix, une fois moi. Une vraie punition. Maman, elle, s'y rendait une fois par mois environ.

    Vas-y, toi ! j'ai répliqué à ma sœur.
    T'as fait l'école du rire ou quoi ?

C'était samedi matin – mon samedi sur deux car j'avais gardé le même rythme de visite après le départ d'Alix –, mon père s'était levé tard et en était encore à son petit déjeuner alors que le mien était fini depuis longtemps. J'avais toujours aimé les samedis matin parce que j'y partageais souvent mon petit déjeuner seul avec maman car nous étions lève-tôt tous les deux. C'était moi qui le préparais, qui sortais son bol, faisais passer le café, lui coupais ses tartines. Elle aimait que je m'occupe ainsi d'elle et c'étaient des moments rien qu'à nous comme la vie en famille nous en offrait peu.

– On va voir mamie aujourd'hui ? j'ai demandé à mon père.

Normalement, la question ne se posait même pas, mais ma mère ayant disparu depuis une semaine, papa n'allant plus au travail et ayant cessé de se raser, je me disais qu'il y avait peut-être une chance pour échapper à la maison de vieux ce week-end.

– Mamie ? a répondu mon père, sortant d'un rêve. On est samedi ?

– Oui, mais…

Il a soupiré.

– Je voulais terminer tes étagères... Et puis si jamais ta mère appelait !

J'avais envie de lever le poing en signe de victoire mais je me suis contenté d'acquiescer de la tête d'un air compréhensif, presque déçu.

– Et puis de toute façon, a ajouté mon père, si on n'y va pas, elle s'en rendra même pas compte.

Je suis retourné dans ma chambre en me disant que le lendemain, je n'irais pas à la messe non plus. C'était ça, le sentiment d'excitation que je ressentais depuis le départ de maman, l'idée que soudain, tout était possible. Et le plus étonnant, c'est que cette idée ne me faisait même pas peur.

LA CHAMBRE 103

L'euphorie ne durait jamais longtemps, chez moi, aussitôt étouffée par un sentiment qui m'était bien plus familier : la culpabilité. J'en étais le champion toutes catégories, double médaillé olympique, maillot jaune à vie. Pourquoi j'étais comme ça, à me faire du souci pour tout et à la place des autres, à avoir une boule dans le ventre à la moindre occasion, à me sentir coupable d'un tas de trucs qui dépassaient de loin ma petite vie de lycéen ? Tout petit j'étais pareil, à me rendre malade si je ne faisais pas ce qu'on attendait de moi, à ne pas savoir m'amuser, à paniquer dès qu'il s'agissait de s'écarter des rails de l'habitude. Je m'étais toujours fait l'impression d'être vieux. Et pourquoi j'avais ouvert ce foutu SMS d'« Alix Jiminy Cricket » ?

Si seulement je pouvais, moi, lui rendre visite, à mamie !

Ben voyons ! Putain, c'était trop facile... C'était à mon père de rendre visite à sa mère, il était assez grand pour décider de ne pas y aller sans que ce soit moi qui m'en sente coupable !

Furieux, en voulant à mon père, à ma mère, à ma sœur et surtout à moi-même, je me traitais mentalement de tous les noms alors que je montais seul les marches de la maison de retraite jusqu'à la chambre 103 où ne m'attendait même pas ma grand-mère qui avait perdu depuis longtemps toute notion du temps.

Avant, je l'aimais beaucoup, mamie. Naturellement, je veux dire, spontanément, pas par devoir comme ensuite. Pendant dix ans, Alix et moi avions passé tous nos samedis après-midi chez elle, à jouer, à regarder la télé, à nous empiffrer de gâteaux, de chocolats, de cerises à la saison – elle nous en achetait un kilo à chacun pour qu'on ne se dispute pas, Alix étant très forte pour me laisser toutes celles qui étaient pourries ou abîmées. Quand on repartait le soir, mamie ne voulait jamais qu'on range les jouets, disant qu'elle n'avait que ça à faire. Elle était l'inverse de bonne-maman. Et j'en étais malade qu'elle soit devenue cette vieille femme avec les idées en pointillés, sentant un mélange d'urine et d'eau de Cologne.

La télé gueulait derrière la porte 103. J'ai frappé et suis entré sans attendre de réponse.

Mamie dormait dans un fauteuil en imitation cuir beige près de son lit. Tout était beige dans la chambre, murs, rideaux, jusqu'au lavabo et aux toilettes de la petite salle de bains. Une odeur de cantine flottait dans la pièce, molle et indéfinissable sinon qu'elle était relevée par une pointe de clémentine trop mûre. Une odeur beige aussi, terne et triste.

La vie de ma grand-mère paternelle se résumait à ces quatre murs auxquels s'ajoutaient deux cartons stockés dans la cave de mes parents. Soixante-quatorze ans de vie qui tenaient dans vingt mètres carrés, de quoi salement vous filer le cafard.

Je me suis avancé pour couper le son du poste mural de télévision qui était réglé bien trop fort, Mamie étant un peu dure d'oreille, comme il se devait.

C'est le soudain silence qui l'a réveillée. Les yeux d'abord un peu vagues, elle a fermé sa bouche qui béait pendant son sommeil et m'a souri.

– Tu es tout seul aujourd'hui ?

J'allais répondre quand elle a ajouté :

– Pierre n'a pas voulu t'accompagner ?

Il lui arrivait souvent de s'emmêler dans les prénoms, de m'appeler Patrick, et mon père Pierre, parfois même c'était le nom de son chien, pourtant mort depuis quinze ans, qui lui venait en premier. Mais là, je voyais bien qu'elle pensait vraiment avoir affaire à son fils, et ça m'a serré le cœur.

– C'est Pierre, mamie. Papa n'a pas pu venir aujourd'hui.

– Et ta mère non plus ?

– Non. Je suis tout seul, j'ai répondu, rassuré de constater qu'elle savait enfin à qui elle s'adressait.

– Et ta sœur ? Je ne vois plus jamais Alix !

Ça m'a noué encore plus l'estomac. Un double nœud.

– Mais mamie, tu sais bien...

Elle ne m'écoutait plus et regardait ses mains, le front soudain barré d'une grosse ride soucieuse.

– J'ai quelque chose à te dire... Approche.

Je me suis approché et assis sur le lit.

– J'aurais dû t'en parler plus tôt. Mais ce n'est pas facile, on croit bien faire et puis... on fait seulement ce qu'on peut. À la mort de ton père j'ai voulu tout te raconter, mais...

C'était reparti, elle me prenait encore pour papa. Mais cette fois, j'ai laissé passer, intrigué de la voir si émue. Ses mains tremblaient un peu.

– J'ai essayé d'écrire toute l'histoire, mais ça me fatigue trop. Je ne suis plus bonne à grand-chose...

Elle m'a regardé, bien en face, de ses yeux gris et je me suis dit qu'elle allait comprendre son erreur.

– C'est une drôle de chose, la vie, tu sais ! Et puis d'un coup tu te retrouves là, entourée de vieux qui se pissent dessus et qui bavent. Si seulement je pouvais m'en aller pour de bon ! J'y pense souvent mais je ne suis même plus capable d'enjamber cette fenêtre toute seule !

Le suicide était un sujet récurrent, chez mamie, depuis des années.

– Alors j'attends. Les infirmières me parlent comme à une gosse. Je ne critique pas, remarque, je ne voudrais pas faire leur boulot ! Quelle horreur !

J'avais l'impression qu'elle était en train d'oublier ce qu'elle voulait révéler à mon père, mais je me trompais.

– J'en ai plus pour longtemps. C'est pour ça que je veux te dire. Je ne veux pas partir avec ça sur la conscience, même si je pense parfois que ça serait peut-être mieux pour toi de ne pas savoir.

Cette fois, j'étais franchement intrigué, et pas très à l'aise d'être sur le point d'entendre une révélation qui ne m'était pas adressée. Mais j'ai toujours été très curieux.

Elle a pris son temps, a respiré un bon coup. J'ouvrais grand mes oreilles.

– Je n'ai pas toujours été celle que tu crois. Je ne parle même pas du vieux débris d'aujourd'hui ! Mais même dans tes souvenirs les plus anciens. Je n'ai pas toujours été la mère que tu connais. Ni l'épouse...

Elle s'est penchée en avant pour se rapprocher un peu et continuer à voix plus basse :

– Tu vas toujours à la messe ?

Étonné, j'ai répondu que oui.

– Tu crois toujours à toutes ces conneries ?

J'étais habitué au langage de mamie, et à son athéisme militant. Son mari, papy Édouard, dont je n'avais aucun souvenir car mort alors que je n'avais que quelques mois, était très pieux et mon père avait hérité de ses convictions, au grand dam de mamie.

J'ai fait oui de la tête. Elle a souri avec un petit air moqueur.

– Tous les dimanches à la messe, avec la Castafiore, en bon petit soldat !

J'ai mis quelques secondes à comprendre qu'elle faisait allusion à bonne-maman, qu'elle ne portait pas dans son cœur et qui lui avait donné l'un de ses plus grands fous rires à la messe de ma communion quand elle s'était mise à chanter. Bonne-maman est persuadée d'avoir une grande voix de soprano et se lance pour le moindre cantique dans des envolées vers les aigus dignes des walkyries de Wagner.

– Eh ben j'espère que tu te trompes, dit-elle, revenant au sujet de la croyance ou non en Dieu, et qu'il n'y a pas quelqu'un, là-haut, qui entend ce qu'on dit, et qui risquerait de tout répéter à mon pauvre Édouard.

Elle s'est renfoncée dans son siège, prise de lassitude.

– C'est si lourd, de garder un tel secret toute une vie.

À ce moment, alors que j'étais pendu aux lèvres (un rien tombantes et baveuses) de mamie, la porte de la chambre s'est ouverte brusquement.

C'était une aide-soignante, taillée comme un sumo.

– Ah ! Je vois que vous avez de la visite, madame Michelle !

– Oui, c'est mon fils.

– Petit-fils ! a rectifié l'infirmière que je connaissais depuis des années. Je sais bien qu'il ressemble sacrément à son papa, maintenant, mais quand même !

Ma grand-mère, sans aucune gêne, m'a fait signe que l'infirmière perdait la tête et la grosse femme m'a souri l'air de me dire que ma grand-mère ne tournait plus rond.

– Je venais voir si je pouvais récupérer le plateau ?

Le plateau du petit déjeuner était encore posé sur une commode sous la télé.

– Vous avez bien tout mangé ?

– Oui, oui. Et c'était infect, pour ne pas changer.

– Merci du compliment.

– C'est vous qui faites la cuisine, peut-être ?

– Non, madame Michelle. Non, non.

– Alors ne prenez pas la mouche parce que je vous dis que c'est immangeable, j'ai passé l'âge de mentir par politesse.

– Oh ça je sais, madame Michelle !

Et elle est sortie avec le plateau, me souhaitant bonne journée, et bon courage à voix basse.

– Quel chameau ! a lâché mamie. Je ne peux pas la voir, celle-là. Et puis tu as vu comme elle est grasse ! Je ne comprends pas qu'on puisse se laisser aller comme ça. Paraît qu'elle est mariée et tout ! Il y a des hommes qui sont pas regardants, ou alors vraiment désespérés.

Elle a marqué une pause. Elle était nettement plus en forme qu'à mon arrivée, la petite passe d'armes avec l'aide-soignante l'avait requinquée, comme elle aurait dit.

– T'as mes cigarettes ? m'a-t-elle soudain demandé.

Je l'ai regardée avec étonnement.

– Ne me dis pas que tu as oublié !

Elle a soupiré.

Elle s'est levée, a ouvert un tiroir de la commode, a fouillé sous ses vêtements pour sortir deux paquets de Marlboro.

– J'en ai plus que deux paquets ! Un et demi, même ! Je ne vais jamais tenir !

Il était bien sûr interdit de fumer dans l'établissement, et surtout, mamie souffrant, entre autres, d'un problème respiratoire chronique, les cigarettes lui étaient absolument déconseillées.

– Ouvre, tu veux bien ?... Miss gros-cul vient de passer, je devrais être tranquille un moment.

Elle a pris une cigarette dans un paquet, un petit briquet, et s'est approchée de la fenêtre.

Elle a fumé en silence et je l'ai regardée sans un mot. Elle plissait les yeux en aspirant sur le filtre, la cigarette calée entre l'index et le majeur, tout au fond, la paume ouverte lui couvrant le bas du visage, elle savourait la fumée dans ses poumons et la recrachait avec un soupir d'aise. À la regarder ainsi, en léger contre-jour, j'ai eu l'impression de capturer des éclats de sa jeunesse, des attitudes qui n'avaient pas souffert des années, de l'âge. Des gestes de femme sûre d'elle et séduisante. De la femme qu'elle avait dû être avant de s'affaisser de partout.

Elle a ouvert en grand une fois la cigarette terminée, m'a donné le filtre et m'a demandé de le jeter dans les toilettes.

Le fil de ses idées s'était rompu. J'ai compris que je ne saurais rien de plus de son secret. Elle voyait de nouveau son petit-fils en moi, et avait ravalé les révélations qui, à l'en croire, lui pesaient depuis tant d'années.

Je suis reparti, pensif et déçu. Ma curiosité piquée à vif. Décidément, depuis que maman avait disparu, la vie semblait soudain plus complexe qu'elle n'y paraissait. Moins lisse.

LA TOUR NOIRE

La maison de vieux n'était qu'à une vingtaine de minutes à pied de la rue Neuve-Notre-Dame, ou à dix en bus. J'avais envie de marcher et je suis passé par le parc du château pour rentrer à la maison. J'en connaissais chaque recoin, il était mon jardin d'enfant. J'y avais passé des après-midi entiers à jouer à chat ou à cache-cache avec Alix, à me dissimuler derrière les haies de charmilles, dans les bosquets de buis dont l'odeur était pour moi synonyme de mercredis et de vacances.

C'était bientôt l'heure du déjeuner et je ne suis pas allé fureter dans le hameau de la Reine comme j'en avais envie, ma partie préférée du parc, pour piquer directement vers les grilles du boulevard de la Reine, par cette allée où, dix ans plus tôt, mon père m'avait appris à faire du vélo.

Il faisait doux et je me sentais perméable au monde, en observation, ouvert à la moindre sensation de passage. Je repensais à ma grand-mère, à ce secret finalement gardé pour elle, à mon père doutant de plus en plus que ma mère soit l'auteur du SMS reçu peu après sa disparition et qui s'était disputé avec les policiers quand ils avaient essayé de lui faire comprendre qu'il était inutile de passer deux fois par jour au commissariat et de leur téléphoner sans cesse, puis à ma mère. Où pouvait-elle bien être ? Qu'avait-il pu se passer dans sa tête ? Je revoyais son regard clair sur le parking d'Ikea, son regard déjà lointain. J'ai repensé à la question d'Alix : « Est-ce que tu l'aimes, maman ? » Et je l'ai inversée. Est-ce qu'elle m'aime, maman ? Elle a toujours fait ce qu'il fallait, a toujours été là pour moi, sauf depuis samedi dernier, mais est-ce que c'était de l'amour ou du devoir ? L'amour, elle avait dû le ressentir en choisissant mon père ? Mais moi ? Et Alix ? Ses enfants ? Est-ce qu'on peut ne pas aimer ses enfants, être déçu par eux ? Les trouver moches ? Bêtes ? Antipathiques ? Se dire « Si j'avais su ! » mais trop tard. Pas de service après-vente ! Pas de « garanti un an, satisfait ou remboursé ». Une fois que l'enfant était là, il fallait faire avec, jusqu'à temps que l'on craque, jusqu'à temps que l'on n'en puisse plus, c'est tout.

J'avais soudain le moral dans les chaussettes et j'ai sorti mon portable. J'ai appelé Mathias. Je ne lui avais encore rien dit, je ne savais pas pourquoi, par peur du ridicule, peut-être, ou parce qu'il n'était pas facile de dire que sa mère vous avait tout simplement tourné le dos.

Mathias a décroché immédiatement et je lui ai raconté ce qui se passait en quelques phrases.

Il a pris son temps avant de parler.

– Tu penses qu'elle a rencontré un autre homme ?

Ça ne m'avait même pas traversé l'esprit. Les parents de Mathias avaient divorcé, parce que son père était tombé amoureux d'une autre, et chacun, depuis, avait refait sa vie, lui donnant au passage deux demi-frères, une demi-sœur et une vie compliquée.

Mon premier réflexe a été de dire non, mais je me suis retenu. Qu'est-ce que j'en savais ? Qu'est-ce que je savais de la vie amoureuse de mes parents ?

Et je me suis demandé si mon père avait pensé à cette hypothèse. Évidemment. Il avait dû penser à tout, et à ça aussi.

Ma mère, en ce moment même, était-elle dans les bras d'un autre homme que mon père ? Ça semblait impensable, et pourtant réconfortant. Parce que sinon, c'étaient quoi, les possibilités ? Qu'elle ne nous supporte plus, mon père et moi ? Qu'elle ne nous aime plus ? Qu'elle ne m'aime plus, ou pas ? Ou alors qu'il lui soit arrivé quelque chose ?

Ma mère amoureuse ? Je n'avais pas envisagé cette option, sans doute parce que je n'avais encore jamais regardé ma mère en tant que femme, mais seulement comme une mère. Et c'était peut-être ça qu'elle ne supportait plus ?

Inutile de demander à Mathias de ne parler à personne de ce que je lui avais révélé, il était du genre à savoir garder les secrets. Moi j'en étais incapable.

J'ai accéléré le pas, suis sorti du parc par la grille du bassin de Neptune.

En passant devant la boulangerie, une voix m'a interpellé. C'était Adelia.

– Tout va bien à la maison, Pierre ?

– Ben oui, pourquoi ?

– Ton père bricole toujours ?

Elle avait l'air de ne pas y croire, et de s'inquiéter pour lui.

J'ai pensé qu'il ne devait rien y avoir à manger à la maison, et qu'il allait falloir sérieusement penser à faire des courses. Je n'avais pas d'argent sur moi, mais je savais qu'Adelia ne verrait pas d'inconvénient à ce que je la paye plus tard. Le midi, elle vendait des sandwichs et quelques plats à réchauffer. J'ai pris deux barquettes de poulet chasseur, et deux éclairs au chocolat.

Papa avait terminé de monter mes étagères et en était très fier. Je ne lui ai pas fait remarquer qu'il y en avait une dont la base était à l'envers, montrant sa face non plaquée. Je lui avais plusieurs fois proposé mon aide pendant la semaine, mais il avait refusé, tenant à monter ma chambre seul et, j'imagine, se raccrochant à cette activité pour se distraire de ses pensées.

Nous avons déjeuné en silence, puis il s'est endormi sur un fauteuil du séjour.

J'ai tiré la porte de la cuisine et celle du séjour pour aller m'enfermer dans le salon où je suis resté un moment immobile à regarder sans le voir le plateau d'échecs sur la table basse, et la partie en cours que j'avais terminée mentalement un si grand nombre de fois, commençant par avancer ma tour en E-5.

Puis je me suis installé au piano. J'ai mis la sourdine et, après quelques gammes et exercices d'échauffement, j'ai attaqué mon morceau du moment : *L'Étude de concert* de Gabriel Pierné. 4 minutes 30 de virtuosité, ou plutôt 6 minutes pour moi qui n'arrivais pas à le jouer assez *vivace*.

J'ai travaillé avec acharnement, m'obstinant sur chaque mesure tant qu'elle me résistait, main droite, main gauche, en décomposant le rythme, par groupe de deux notes, puis de trois, de quatre, reprenant au début jusqu'à temps qu'elle passe, qu'elle soit « dans » mes doigts, l'enchaînant jusqu'à la première note de la mesure suivante, et ainsi de suite.

Quand j'ai relevé la tête, il faisait nuit. Mon père était assis sur un fauteuil, les yeux vers la partie d'échecs. Je me suis demandé si, comme moi, il bougerait la tour noire ou s'il choisirait une autre stratégie. Il a levé les yeux et m'a souri.

– J'aurais aimé apprendre la musique, m'a-t-il dit.

– C'est pas trop tard !

– Je n'ai aucune oreille.

– En quoi tu étais bon quand tu avais mon âge ? Qu'est-ce que tu rêvais de faire ?

– Du dessin. Je chopais tout en deux ou trois traits. J'avais beaucoup de succès avec les copains parce que je faisais des caricatures des profs.

En seize ans, je ne l'avais jamais vu dessiner une seule fois.

CHOPIN

Finalement, je suis allé à la messe ce dimanche. Pas tant par devoir, cette fois, ni par culpabilité, mais pour qu'il reste quelques points de repère dans ma vie.

Bonne-maman avait une mine épouvantable et se tenait au bras de mon grand-père. Elle avait l'air de dix ans plus âgée que la dernière fois que je l'avais vue.

– Des nouvelles ? m'a-t-elle demandé sans espoir, se doutant bien que même si elle était fâchée avec mon père, nous l'aurions prévenue s'il y avait eu quoi que ce soit de neuf.

Bon-papa a soupiré, disant qu'il n'y comprenait rien, que ça ne lui ressemblait pas. Il parlait de sa fille, bien sûr, de ma mère, et il m'a souri et m'a caressé la joue, un geste qu'il n'avait encore jamais fait. J'ai compris qu'il n'en disait pas plus par peur de m'inquiéter mais qu'il ne pensait pas que ma mère était partie de son plein gré.

Tante Bertille est arrivée et m'a serré contre elle comme si j'étais sur le point de partir à la guerre.

– On va tous prier pour ta pauvre mère, m'a-t-elle glissé à l'oreille.

Elle avait le chic pour mettre l'ambiance, ma tante.

J'ai été bien incapable de prier, l'esprit trop animé de pensées, d'idées, de questions sans réponses. Mon père, ma mère, mamie, Alix... Ma famille, tout ce que je connaissais du monde, qui semblait vouloir changer, se déliter. Est-ce que c'était ça, grandir ? Devenir un homme ? Je n'étais pas sûr de m'y sentir prêt.

À la fin de l'office, bonne-maman m'a invité à venir prendre le goûter, et je n'ai pas su refuser comme j'en avais envie.

À la maison, papa était allé chercher à la cave des vieux cartons à dessins datant de son adolescence. J'ai été stupéfait. C'était juste génial. Il y avait même le début d'une BD qu'il avait fait avec un copain de collège dont je n'avais jamais entendu parler.

On a passé deux heures assis par terre sur le tapis du salon et je n'avais pas le souvenir d'avoir vu mon père si joyeux depuis longtemps. Quand on est revenus à la réalité, il était près de quatorze heures et on avait faim.

– Des pâtes ! j'ai proposé, non sans une pointe d'ironie.
– Viens, on va au chinois.

On a marché vite, de peur qu'ils ne nous servent plus, mais on était des habitués et on nous a installés avec de grands sourires. Le restaurant s'appelle le Canard d'Or, au coin de la rue de la Paroisse et de la rue des Réservoirs, et sa spécialité est le canard sous toutes ses formes et surtout, mon plat préféré, le canard pékinois, c'est-à-dire rôti, en petites lamelles à la peau croustillante, sur un lit de nouilles et accompagné de petites crêpes dans lesquelles rouler la viande et d'une sauce sucrée, épaisse et délicieuse.

On a parlé BD pendant tout le déjeuner.

J'ai travaillé mon piano jusqu'à l'heure du goûter puis, à contrecœur, me suis rendu chez bonne-maman. Elle était seule quand je suis arrivé, mon grand-père étant sorti marcher un peu avec un couple de voisins, les Faisandier, qui étaient venus déjeuner le midi.

Je ne savais pas quoi dire et je me demandais pourquoi bonne-maman avait voulu que je passe aujourd'hui. Je n'ai pas eu longtemps à attendre pour connaître la réponse à cette question.

– Pierre-Marie. Ton père...

J'ai tout de suite été sur la défensive, et ma grand-mère s'en est aperçue aussitôt. Je n'avais aucune envie de l'entendre critiquer papa.

– Détends-toi. Je n'ai pas encore dit un mot. Je n'en veux pas à ton père pour ce qu'il m'a dit. Si, je lui en veux, d'ailleurs, mais ça n'a pas d'importance. Il ne m'a jamais beaucoup aimée, et moi non plus je ne l'ai jamais beaucoup aimé. Pas facile d'avoir un gendre, ni une belle-mère. On fait avec, c'est tout. Alors oui, sans doute que je suis « chiante », comme il a dit.

Et on sentait qu'elle avait du mal à prononcer ce gros mot.

– Je n'ai jamais su être autrement. Je suis ainsi, et surtout bien trop vieille pour changer. Il n'avait pas à me le dire aussi brutalement, mais tant pis, ça n'a plus d'importance.

Elle a marqué une petite pause. Nous étions dans la cuisine, la pièce la plus lumineuse de la maison, avec une grande baie vitrée donnant sur le jardin dans lequel poussent des bambous géants qui m'ont toujours fasciné, surtout au printemps, quand sortent les nouvelles cannes, tels des poignards jaillissant de la terre.

– Je sais aussi que je ne suis pas une grand-mère marrante, a repris bonne-maman.

J'ai voulu protester mais je n'en ai pas eu le temps.

– Je le sais. Je sais aussi que tu es trop bien élevé pour le dire. J'aurais voulu être autrement, plus légère, mais je ne sais pas faire. Je veux, j'ai besoin de maîtriser les choses, de les prendre en main, et j'ennuie tout le monde, ton grand-père le premier. Et ta mère, quand elle avait ton âge. Elle a dû t'en raconter de belles sur mon compte...

– Non.

C'était vrai. Maman n'avait jamais émis la moindre critique sur sa mère devant moi.

– Pourtant, crois-moi, ça n'a pas toujours été facile entre elle et moi. Mais bon. Je suis chia... barbante, et je ne compte pas changer maintenant. Ce que je veux te dire, c'est que même si ton père ne veut plus me parler, et que je n'ai pas du tout envie de lui parler non plus, je ne veux pas te perdre, toi.

On a entendu des clés dans la porte d'entrée, puis des voix. Mon grand-père rentrait, visiblement avec les Faisandier, des vieux lourds et ennuyeux qui avaient toujours été les champions de l'incruste tellement ils s'ennuyaient dans leur vie.

Bonne-maman a soupiré avec humeur.

– Il ne pouvait pas les raccompagner chez eux !

Elle parlait de mon grand-père.

– Pourquoi tu les invites si ça t'ennuie ? j'ai demandé à ma grand-mère.

– C'est nos voisins, depuis toujours !

– On est rentrés, ma Luce ! a lancé bon-papa depuis l'entrée.

Pressée de terminer ce qu'elle avait à me dire, bonne-maman m'a pris le poignet avec intensité et m'a dit à voix basse :

– J'ai peur pour ta mère, et j'ai mal. J'ai besoin de toi. Toi, son fils.

La porte de la cuisine s'est ouverte et bonne-maman a repris en un éclair son visage et sa posture habituels, se tenant soudain plus droite.

– Qui je vois là ! a lancé la mère Faisandier, qu'avec Alix, on avait rebaptisée « Faisandée » tellement elle avait toujours été vieille et branlante.

Je me suis demandé quel âge elle pouvait avoir alors que dix ans plus tôt, elle me faisait déjà l'impression d'être une momie échappée de son sarcophage.

Elle m'a embrassé sur les deux joues et j'ai eu du mal à réprimer une moue de dégoût. Elle sentait la vieille maison inhabitée. Son mari, un peu gâteux, était sourd comme un pot et elle lui a gueulé à l'oreille que j'étais « le petit Pierre-Marie », le fils de Marie-des-Neiges.

Tout le monde s'est dirigé vers le salon et je n'ai pas pu faire autrement que de les suivre, avec l'impression de participer à une cérémonie d'anciens combattants.

– Tu vas bien nous jouer quelque chose ? m'a demandé Imhotep.

La phrase qui tue, qui me gâche la vie depuis toujours. J'aurais volontiers tordu le cou de la vieille *Faisandée* pour abréger ses jours et cette fin d'après-midi.

Je détestais jouer du piano en dehors de la maison ou du conservatoire, en dehors du travail. J'avais horreur qu'on me prenne pour un singe savant et ça durait depuis mes six ans, dès que j'avais été en âge de jouer ne serait-ce que trois lignes d'affilée. Chaque fois que mes parents recevaient des amis ou qu'on avait un déjeuner de famille, j'y avais droit. « Tu nous joueras bien quelque chose ?... » Et puis des lieux communs ensuite : « Quelle chance d'avoir du talent ! » « J'aurais tant aimé connaître la musique. » « J'ai toujours aimé la grande musique... » Et moi, j'ai toujours détesté que l'on parle de « grande » musique.

Il n'y a que les gens qui n'y entendent rien, à la musique, pour estimer que la musique classique est plus grande que les autres. Vers les dix ou onze ans, j'avais tenté de me rebeller en disant que je n'avais rien de prêt, que j'étais en train d'apprendre un morceau que je ne savais pas encore par cœur, mais depuis, j'avais capitulé, fatigué d'entendre mes grands-parents se demander à quoi ça servait de faire tant d'heures de piano si on ne pouvait même pas jouer un morceau de temps en temps pour faire plaisir aux autres. Alors j'avais quelques pièces que j'entretenais pour ce type d'occasions, par exemple du Chopin pour les vieux, un *Prélude* pas trop brillant mais dont ils connaissaient l'air, ou un *Nocturne*, et puis du Satie pour des auditeurs un peu plus jeunes, la *Gnossienne* n° 1, qui faisait toujours son petit effet.

Là, pour les vieux *Faisandés*, j'ai choisi le *Nocturne* op. 9, n° 2 de Chopin. J'avais déjà dû leur faire le coup plus d'une fois, mais à leur âge, ils ne s'en souviendraient plus.

J'aimais bien le vieux Pleyel droit de mes grands-parents, avec ses bougeoirs bien astiqués. C'est le piano sur lequel j'avais appris à jouer, et même s'il avait un son moins bon que le crapaud que m'avaient offert mes parents pour mes dix ans, j'y étais attaché.

J'ai commencé, un peu mécaniquement, comme on se débarrasse d'une corvée, mais j'ai fini par me laisser prendre par l'élégante joliesse de Chopin, et je crois que j'ai vraiment bien joué le *Nocturne* ce jour-là.

Il y a eu un petit silence quand j'ai eu terminé, qui a laissé, en douceur, la grâce s'effacer pour redonner sa place à la réalité, aux sons du dehors, aux odeurs, au fil du temps. M. Faisandier s'était assoupi, sa femme m'a félicité en applaudissant avec enthousiasme, ce qui a fait trembloter la peau de dindon de son cou. Mon grand-père souriait et j'ai vu que bonne-maman avait pleuré.

LA CHAMBRE 103 (2)

J'ai eu une meilleure note que Mathias au contrôle d'histoire grâce à « l'erreur » que j'avais volontairement glissée, et qui n'en était pas une, justement. J'ai eu un peu honte, surtout quand la prof m'a dit : « Vous voyez, Blanc, quand vous voulez ! » d'un air ému. Mais Mathias, lui, a bien rigolé.

Le mardi après-midi, au conservatoire, ma prof de piano m'a félicité pour mes progrès sur le Pierné, et celle de solfège étant malade, je suis sorti à 14 h 30. Une bonne journée. J'ai raccompagné Mathias jusque chez lui, et on a parlé de ma mère, élaborant les hypothèses les plus délirantes sur sa disparition, jusqu'à son enlèvement par les extraterrestres. Ça m'a fait du bien d'en rire.

Mon père, la veille, le premier jour de la deuxième semaine sans maman, n'était pas retourné au travail et ne s'était toujours pas rasé. Cette fois, c'était une vraie barbe qui lui couvrait les joues, et qui lui allait sacrément bien.

C'était aussi l'avis d'Adelia quand, parce qu'il n'y avait plus rien à la maison pour le petit déjeuner, nous étions descendus nous acheter un croissant et un pain au chocolat chacun.

Après avoir quitté Mathias, j'ai repensé à mamie en passant devant un bureau de tabac. J'ai acheté deux paquets de Marlboro, en ayant peur qu'on refuse de me les vendre parce que j'étais trop jeune. Ça m'a rappelé les premières fois où je traversais toute la ville pour trouver un marchand de journaux où j'étais sûr que mes parents n'étaient pas connus afin d'y acheter un magazine érotique. Le cœur battant, je tournais en rond dans la boutique, l'air de m'intéresser à tout sauf au seul rayon vers lequel je tordais de l'œil, toujours en hauteur et où, sur papier glacé, s'alignaient des poitrines de femmes aussi surdimensionnées qu'offertes. Plus d'une fois, me dégonflant au dernier moment, ou me rendant compte que j'avais fini par attirer l'attention du commerçant derrière sa caisse, j'avais fini par acheter en catastrophe un magazine de pêche ou un catalogue de bricolage que je jetais, me sentant minable, dans la première corbeille à papier venue.

J'avais envie de retourner voir mamie. Ou plutôt, même si j'évitais de me l'avouer, d'entendre la suite de son histoire, de son secret. J'y suis allé le mercredi après-midi, après le karaté.

Manque de pot, elle avait les idées claires ce jour-là et ne m'a pas pris pour mon père.

On a parlé un peu du collège, du conservatoire et j'ai eu bien du mal à amener la conversation sur son passé, sur papy Édouard, et sur sa vie avant son mariage.

Aujourd'hui encore la honte m'échauffe les joues au souvenir de comment j'ai manipulé ma grand-mère, et si je n'ai aucune excuse, je peux au moins plaider sans mentir que ce n'était pas prémédité. Je m'entends encore lui dire :

– T'avais quel âge quand t'as rencontré papa ?

Oui, j'avais dit *papa*. Et pire encore, la phrase suivante, j'ai appelé ma grand-mère « maman ».

Et ça a marché. Ça a jeté le trouble dans la fragile clarté de ses idées et elle s'est mise à me parler comme si j'étais son fils.

– Je sais plus bien. Je devais avoir vingt-deux, vingt-trois ans la première fois que je l'ai vu. J'habitais à Paris, à l'époque, boulevard des Batignolles, chez mes parents. Mon père tenait un garage, tu sais, t'as vu des photos ?

J'ai fait oui de la tête, même si je n'avais jamais vu les photographies en question.

– Mais on ne s'est mariés que beaucoup plus tard. Des années après. Il ne me plaisait pas beaucoup, ton père. Je le trouvais vieux, même s'il n'avait que trois ans de plus que moi. Il avait l'air vieux ! Et puis pas très beau avec ça. Il a toujours affirmé que pour lui, ç'avait été un coup de foudre. Il m'a fait la cour, comme on disait. Il était si bien élevé ! Mes parents l'adoraient, ils avaient tellement peur que je fasse des bêtises. J'étais jeune, jolie, j'avais envie de m'amuser, de danser, de flirter. Édouard, tout ce qu'il trouvait à faire quand il venait me voir, c'était de m'emmener marcher jusqu'à la butte Montmartre. Je lui donnais le bras et il était au paradis ! Il n'a jamais rien essayé, ni de m'embrasser ni de me peloter les nichons ! Il m'a demandée en mariage très rapidement, par contre, mais je me gardais bien de lui répondre. Ce n'était pas ça que j'attendais de l'amour. Je voulais de la passion, un peu de folie, de vie ! J'ai été servie, ensuite.

Mamie s'est allumé une cigarette nerveusement, et j'ai compris que nous arrivions à un point sensible de son récit.

– Ça a duré comme ça un an et puis, il est arrivé.

– Qui ça ? j'ai demandé.

– Un cousin. Enfin très lointain, mais vaguement de la famille de mon père, en Italie. Tu sais comment c'est, la famille, là-bas ! Il s'appelait Drago.

Elle a souri.

– Il faut l'imaginer prononcé à l'italienne, avec le R qui roule, le G qui joue à saute-mouton et le O qui s'évapore : Dlrrago'. Il était magnifique. Pas très grand, mais très mince, très élégant, brun, la peau mate et les yeux verts. Et là, pour le coup, la foudre, c'est moi qui l'ai reçue. De plein fouet. Je n'oublierai jamais. Le rouge aux joues, une boule de feu dans le ventre, les jambes molles. J'étais encore vierge, c'était la fin des années 1950, et je n'y connaissais pas grand-chose aux garçons, mais là, rien qu'à le regarder, j'ai eu peur de perdre mon hymen ! Je ne me reconnaissais plus. Une révélation. Et Drago... C'était pas Édouard. Marcher dans la rue en me tenant par le bras, ça lui a pas suffi longtemps. Je ne te fais pas un dessin.

Pas la peine, non, mes oreilles et mes joues me brûlaient assez comme ça !

– Ex-tra-or-di-naire. Un amant extraordinaire. C'est bien simple, je ne pensais plus qu'à ça, tout le reste me semblait fade. Et l'était ! Faire l'amour avec Drago, c'était chaque fois comme mourir et renaître. Un remède à la métaphysique ! Tout disparaissait quand j'étais dans ses bras, le passé, le futur, la notion de l'espace, les lois de la physique. C'était un monde en soi. Et ton pauvre père qui continuait à venir le dimanche pour marcher à mon bras, qui renouvelait sa demande en mariage et à qui je n'osais pas dire non de peur de lui faire de la peine. C'était sa seule force, à ton père : il semblait tellement faible et désarmé qu'il aurait vraiment fallu être une peau de vache pour vouloir lui faire du mal.

Elle s'est tue un instant, comme pour réfléchir.

– Son obstination aussi était une force. Une vraie tête de mule.

Puis elle a repris son récit :

– Tu penses bien que ma mère a compris tout de suite. Pour elle, aucune hésitation : elle se méfiait des Italiens – elle savait de quoi elle parlait puisqu'elle en avait épousé un – et a tout fait pour me séparer de Drago. Mais je l'avais dans la peau. Il était ma drogue, et j'étais en manque dès l'instant où il me quittait. Un creux dans le ventre, et l'impression d'être en apnée, de ne retrouver l'air que quand je le voyais. J'ai très vite su qu'il ne m'était pas fidèle, qu'il voyait d'autres filles, mais je m'en fichais. Non, d'ailleurs, ce n'est pas vrai, ça me faisait un mal de chien mais je ne voulais pas le perdre, je ne pouvais pas le perdre, alors j'essayais de me convaincre que je m'en fichais. J'étais sa chose. C'est difficile à expliquer, surtout à un homme, mais il aurait pu me taper dessus que je l'aurais encore supplié de ne pas me quitter et de me faire l'amour. Il n'a jamais été violent, mais on ne peut pas dire non plus qu'il se soit bien comporté avec moi. Il me prenait et il me jetait quand ça l'arrangeait, et moi j'étais toujours là quand il me sifflait. Minable. Malheureuse. Heureuse. Amoureuse. Folle amoureuse. J'ai vraiment compris la justesse de cette expression à cette époque : folle amoureuse. J'étais folle de lui. Folle tout court.

Elle a écrasé sa cigarette sur le rebord de la fenêtre et j'ai pris le mégot pour aller le jeter dans les toilettes. J'avais peur que la moindre interruption ne brise son élan.

– Et papy...

Je me suis repris aussitôt.

– Et papa ? Il ne se rendait compte de rien ?

– Bien sûr que si. Il savait. Il manquait de caractère, de fantaisie et d'audace, mais il était tout sauf bête ! Il savait que je voyais Drago. Il savait très bien qu'après nos promenades, des fois, je me précipitais dans ses bras. Mais il ne disait rien. Il m'aimait. Il voulait m'épouser, fonder une famille avec moi... Pauvre Édouard... Ça a duré des années comme ça. Le pire, c'est que je me retrouvais dans la même situation que lui : je demandais à Drago de m'épouser, et il ne me répondait pas. Des fois, il disparaissait des jours, des semaines, sans un mot. Je lui en voulais à mort, j'en pleurais des nuits entières, et puis j'oubliais à l'instant où il réapparaissait, je m'abandonnais à ses bras et j'étais bien de nouveau. Si bien. Je voulais vivre avec lui, chaque jour, chaque heure, chaque minute jusqu'à la fin de mes jours, et j'étais prête à tout pour ça.

Un frisson l'a parcourue, et elle a eu l'air fatigué, soudain.

– J'en ai bavé, tu sais ! a-t-elle ajouté. Et pourtant, même aujourd'hui, je ne regrette rien. Seulement les bras de Drago.

J'ai trouvé cette dernière phrase si profondément triste que j'en ai eu la gorge nouée. Et je me suis senti soudain mal d'être là à voler à ma grand-mère ses souvenirs secrets, de les voler à mon père, aussi.

Brusquement, j'ai eu envie de partir, de rentrer à la maison, de travailler mon piano, de faire mes devoirs. De revenir à ma vie de lycéen, à mes petits soucis et frustrations d'adolescent, de refermer les failles qui, depuis quelques jours, me laissaient entrevoir des pans de vie insoupçonnés, des seconds plans, les doubles fonds de l'existence. Une vie plus grande et plus périlleuse qu'il n'y paraissait.

Mon père en avait mis un coup dans ma chambre, s'acharnant comme jamais sur les cartons Ikea, bureau, bloc-tiroirs, lit en mezzanine... Ça prenait tournure, dans quelques jours, ce serait fini.

Il était sorti pour aller une fois de plus au commissariat où, bien sûr, il n'y avait rien de neuf. Un flic avait essayé de le rassurer en lui disant qu'il y avait chaque année des milliers de personnes qui disparaissaient ainsi sans raison, le plus souvent volontairement.

Ensuite, pas rassuré du tout, il avait fait des courses, avait rempli le frigo, avait acheté du pain et j'ai trouvé dans la cuisine le papier d'emballage vide d'un éclair au chocolat.

Le soir, quand nous avons dîné tous les deux, j'ai été très troublé à l'idée que j'en savais plus que lui sur la vie de sa mère.

L'ACCIDENT

La nuit suivante, alors que je rêvais de la fin de la partie d'échecs en cours dans le salon – la tour noire en E-5, le cheval blanc en B-3, la tour qui mange le pion en G-5 puis échec et mat en deux coups –, j'ai été réveillé par un bruit dans la rue, une moto, ou une voiture, enfin un moteur qui est passé à fond. J'avais soif. J'ai regardé l'heure sur mon portable : 1 h 50. Je me suis levé pour aller prendre un verre d'eau à la cuisine. J'ai tout de suite senti l'odeur de la cigarette et j'ai vu mon père en train de fumer, assis sur le radiateur, près de la fenêtre entrouverte.

Je n'ai pas allumé la lumière, on y voyait assez avec celle qui entrait du dehors.

– J'avais soif, je lui ai dit, comme si je devais m'excuser d'être là à cette heure inhabituelle.

– Moi aussi. Y a du Coca dans le frigo, j'en ai racheté hier.

Un Coca en pleine nuit, je n'aurais jamais osé, mais comme c'était mon père qui le proposait... Je lui ai passé une cannette et j'en ai pris une. On les a ouvertes en même temps et le bruit des languettes métalliques et du gaz qui s'échappe a été très net dans le silence de la nuit. Il était frais, et la première gorgée délicieuse.

– T'arrives pas à dormir ? j'ai demandé parce que le silence commençait à m'embarrasser.

Il a tourné la tête pour confirmer.

– Tu penses à maman ?

Il a fait oui.

– Qu'est-ce que tu crois qu'il s'est passé ?

Et en prononçant cette phrase, j'ai soudain trouvé très étrange que nous n'ayons pas encore eu cette conversation, lui et moi. Sans doute parce qu'elle nous faisait peur.

– Je ne sais pas, Pierre. Je ne comprends pas. Je peux admettre que ta mère en ait soudain eu marre de tout, mais pas qu'elle n'en ait pas parlé. Ça, je ne le comprends pas. On a le droit de craquer, mais pas comme ça. Pas sans un mot. Pas quand on a une famille. Pas ta mère. Mais si elle n'est pas partie par sa propre volonté, c'est pire encore ! C'est qu'il lui est arrivé quelque chose !

J'ai failli lui demander s'il pensait qu'elle était partie pour un autre homme mais je me suis retenu.

– Je voudrais pouvoir faire autre chose qu'attendre. La chercher. Mais où ? Comment ? Mettre sa photo dans la rue, sur des affiches, en demandant qu'on nous appelle si on l'avait vue quelque part ?

Il s'est tu, ne sachant plus quoi dire.

J'ai eu envie de lui parler de mamie et de son Drago, mais me suis dit que je n'en avais pas le droit même si, en vérité, en me prenant pour lui, c'était comme si elle avait raconté son histoire à mon père, ce qui aurait dû me libérer de mes scrupules et même me pousser à tout lui dire. Je ne savais plus quoi en penser et j'ai préféré me taire. Je me suis demandé si maman, elle aussi, avait aimé un autre homme que mon père, avait renoncé à quelqu'un ou à quelque chose pour lui, pour nous, à un rêve. Et lui ? Ma mère était-elle la femme de sa vie ? La seule ?

– Comment vous vous êtes rencontrés, maman et toi ? j'ai demandé.

Il a bu une gorgée de Coca et m'a regardé.

– On ne t'a jamais raconté ?

– Non.

– C'est drôle, pourtant. Enfin drôle... Étonnant.

Il a écrasé sa cigarette, a refermé la fenêtre et s'est assis à la table de la cuisine. Je l'ai imité, prenant une chaise juste en face de lui.

– J'avais dix-neuf ans. Ta mère dix-sept. Je vivais encore chez papy et mamie, au-dessus de la boutique, tu sais, près de la gare Rive-Droite.

Je savais. Il y avait toujours une boutique de fleurs à cet endroit-là.

– J'étais en prépa HEC, à Hoche. Je venais d'avoir mon bac. Je rentrais du lycée justement, et j'avais rendez-vous avec ma petite amie. Valérie elle s'appelait. J'étais amoureux, enfin je pensais l'être. Je ne connaissais encore rien à l'amour mais c'était bon de serrer quelqu'un dans ses bras, de l'embrasser, de glisser mes mains sous ses vêtements... Je voulais prendre une douche avant de la retrouver. On avait rendez-vous dans le square Jean-Houdon, en haut de la rue du Maréchal-Foch. Quand je rentrais, je passais toujours par la boutique. Et là, ta grand-mère m'arrête, affolée, et me dit que Bernard avait eu un accident.

– Bernard ?

– Tu sais bien, celui qui faisait les livraisons, le plus vieil employé de la boutique, je t'en ai souvent parlé, je jouais au ping-pong avec lui quand j'étais gosse.

– Ah oui !

– Bref, il avait planté la voiture de la boutique et avait été emmené à l'hôpital. Rien de très grave, mais quand même. Il y avait une livraison à faire pas loin, et ma mère m'a demandé d'y aller. Plus jeune, j'aidais parfois à la boutique, pour la Fête des mères, le 1er Mai. Ça me faisait de l'argent de poche. Mais bon, là, j'avais passé l'âge et surtout, j'avais rendez-vous avec Valérie. Sauf que ma mère a piqué sa crise, tu la connais.

Pas vraiment, j'ai pensé. D'abord, mamie, qui avait la réputation d'avoir un caractère de cochon, avait toujours été patiente et affectueuse avec Alix et moi, et puis surtout, depuis ce que j'avais appris l'après-midi même, je n'étais plus sûr de bien la connaître, et je me disais que mon père non plus ne la connaissait pas.

– Je n'ai pas eu le dessus. La livraison pouvait se faire à pied, à seulement trois rues de la boutique, j'ai pris le bouquet et j'ai filé. L'adresse, tu la connais, c'est celle de tes grands-parents. C'était l'anniversaire de bonne-maman. Sur la carte, son nom était écrit, que je déchiffrais pour la première fois de ma vie : *Madame Marie-Luce Legrand*. Marie-Luce, ça m'a fait marrer, je n'avais jamais entendu ce prénom-là, et pourtant, à Versailles, il y en a des gratinés !

Comme Marie-des-Neige, j'ai pensé.

– J'ai trouvé la maison, et j'ai sonné. Je me souviens qu'en attendant que quelqu'un vienne, j'ai regardé le haut des bambous géants derrière le mur. Le diamètre des cannes m'impressionnait. Un bruit de verrou et c'est ta mère qui a ouvert, en larmes. Elle a pris les fleurs et m'a demandé d'attendre. Elle voulait me donner un pourboire. Moi je voulais surtout pas, mais elle a insisté, elle avait toujours vu ses parents donner la pièce aux livreurs. Elle m'a fait entrer, pour que je n'attende pas dehors le temps qu'elle trouve de la monnaie. Elle pleurait toujours et je ne savais pas où me mettre, d'autant moins que je la trouvais magnifique. Tu connais les yeux de ta mère ! Et là, ils étaient plus clairs que jamais à cause des larmes.

Je savais exactement de quoi il parlait pour avoir souvent vu ma mère pleurer, ce qui donnait à son visage un air enfantin et lumineux.

– Elle n'a pas trouvé de monnaie et du coup, ses larmes ont redoublé. Je lui ai dit que ça n'avait pas d'importance, mais elle ne pouvait pas s'arrêter. Elle pleurait, elle pleurait, et elle me demandait pardon pour toutes ces larmes, des hoquets dans la voix. J'avais envie de la prendre dans mes bras, de la consoler, de faire en sorte que de toute sa vie, elle n'ait plus jamais de chagrin. Je venais de tomber amoureux.

Il s'est tu, a allumé une nouvelle cigarette.

– En gros, j'ai dit après un bon moment de silence, si Bernard ne s'était pas gaufré en voiture…

– On ne serait pas là cette nuit, dans cette cuisine, ni toi ni moi. Encore moins toi que moi, parce que tu ne serais même pas né. Et attends, tu ne sais pas le plus drôle, le plus incroyable ! Plus tard, des années plus tard, j'ai su pourquoi elle pleurait, ta mère, ce jour-là. Parce qu'elle avait rendez-vous avec son petit ami, comme moi avec Valérie. Sauf qu'ils s'étaient disputés deux jours plus tôt et que c'était un peu leur dernière chance. Et elle n'avait pas pu quitter la maison parce que ta grand-mère était à l'hôpital et qu'elle devait surveiller son petit frère, ton oncle Jean. Elle était persuadée qu'elle ne reverrait jamais… Alexandre, je crois. Oui c'est ça. Il n'y avait pas de portable, à l'époque, impossible de prévenir Alexandre, ni moi Valérie. Un type, une heure plus tôt, près de la place du marché, avait perdu le contrôle de son véhicule en voulant éviter un cycliste et était monté sur le trottoir pour terminer sa course dans le mur au moment où bonne-maman passait à pied. Il ne l'avait pas fauchée, mais ça avait été juste. Ta grand-mère avait eu le temps de se jeter en avant et était mal tombée, se cassant un genou. Devine qui était au volant de la voiture qui a provoqué l'accident.

– Non ! j'ai dit.

– Si, a répliqué mon père. Bernard, notre livreur.

– Putain.

– Comme tu dis.

– Pardon.

Mon père a souri.

– Tout s'est joué là. Un vélo qui fait une queue de poisson à Bernard qui part dans le décor avec sa voiture, se blesse et envoie ta grand-mère à l'hôpital. Sans tout ça, ta mère et moi, si ça se trouve, on ne se connaîtrait toujours pas au jour d'aujourd'hui. Valérie m'a fait la gueule et on a rompu. Alexandre, en faisant le pied de grue près du bassin de Neptune où il avait rendez-vous avec ta mère, a rencontré une autre fille, qu'il a épousée deux ans plus tard. La fois suivante où des fleurs ont été livrées chez tes grands-parents, elles n'étaient pas pour Marie-Luce Legrand, mais pour Marie-des-Neiges, et je n'en étais pas le livreur, mais l'expéditeur.

J'ai terminé ma cannette, qui avait réchauffé et s'était éventée. Le Coca, c'est comme Ikea, ce n'est drôle qu'au début.

– J'étais sûr qu'on t'avait raconté cette histoire !

– Non.

Je suis allé me recoucher, et j'ai rêvé d'un bel Italien sur un vélo, qui faisait une queue de poisson à une voiture dans laquelle se trouvait ma sœur, conduite par papy Édouard, qui en perdait le contrôle et, sur le trottoir, renversait ma mère qui, enceinte de moi, faisait une fausse couche.

Je me suis réveillé en sursaut, essoufflé, la poitrine oppressée.

Il était 3 h 25. La nuit s'annonçait longue.

APPARITION

Le lendemain soir, alors que j'étais sur le point de me coucher, on a sonné à l'interphone. J'ai bondi, en pyjama, et suis arrivé dans l'entrée quand mon père ouvrait la porte. Mais ce n'était pas maman. C'était sa sœur, ma tante Bertille.

Elle était pâle, décoiffée, affolée.

Papa l'a fait asseoir au salon, lui a apporté un verre d'eau. Elle avait du mal à parler tellement elle était émue. Elle a fini par parvenir à articuler des phrases à peu près compréhensibles.

– Je l'ai vue. Elle est venue me voir. Elle m'attendait en bas de chez moi.

– Mais qui ? a fini par demander mon père d'une voix agacée alors que, comme moi, je suis sûr qu'il avait déjà compris de qui il s'agissait.

– Mais Marie-des-Neiges ! a presque crié ma tante.

– Quand ?

– Tout à l'heure. Il y a une demi-heure ! Je suis venue tout de suite après.

– Elle est à Versailles ?

– J'en sais rien. Enfin oui, elle y était tout à l'heure, mais je ne sais pas si elle y est depuis qu'elle est...

– Tu ne lui as pas demandé ?

– Je n'ai pas pu en placer une. C'est elle qui a parlé.

– Mais qu'est-ce qu'elle a dit, putain !

– Je vais te le dire. M'engueule pas, Patrick !

Mon père a essayé de se calmer mais j'ai vu que ses mains tremblaient. Les miennes aussi. Ma tante s'est lancée :

– Elle m'a dit de vous...

– Mais pourquoi elle est pas venue nous parler à nous directement ?

Bertille était au bord des larmes et je suis intervenu pour dire à papa de la laisser continuer. Ma tante a avalé sa salive, a terminé son verre d'eau puis a repris :

– Elle m'a dit de vous dire qu'il ne fallait pas l'attendre, ni la chercher. Qu'il ne fallait pas vous inquiéter, non plus.

– Mais...

J'ai posé une main sur le bras de mon père pour qu'il laisse Bertille continuer.

– J'ai essayé de lui poser des questions mais elle m'en a empêchée. Elle a dit qu'elle allait bien, qu'il ne fallait pas s'inquiéter. Et puis elle a répété de ne pas l'attendre. Et après, elle m'a dit de vous dire qu'elle vous aimait. Tous les deux. Elle a insisté, a dit comme ça : « Tu leur diras, hein, que je les aime. À Patrick, à Pierre. Tu leur diras. Faut pas qu'ils m'attendent. Et faut qu'ils sachent que je les aime. »

Bertille s'est tue.

– C'est tout ? j'ai demandé.

– C'est tout. Elle est partie ensuite.

– Où ? a demandé mon père.

– Dans la rue.

– Quelle rue ?

– La mienne. Puis elle a tourné à gauche.

– À pied ?

– Oui.

– Seule ?

– Oui.

Mon père a enfilé une veste, a pris les clés de la voiture et est sorti en claquant la porte.

Je suis resté avec ma tante, essayant de comprendre ce qui venait de se passer, rapprochant ces nouveaux derniers mots de ma mère à ceux de son SMS. Elle n'en pouvait plus, il ne fallait pas l'attendre, elle nous aimait. Au moins, on pouvait définitivement enterrer l'hypothèse de l'enlèvement, ce qui était à la fois rassurant et terrible. Il ne s'agissait pas d'une disparition, mais d'un départ. D'un abandon.

Papa n'est rentré qu'à l'aube. Alors que Bertille et moi avions fini par nous endormir dans le salon, sur le canapé. Il avait sillonné en voiture les rues de la ville durant toute la nuit à la recherche de ma mère. En vain.

LE PAS SUR LE CÔTÉ

– C'est quand même de plus en plus zarbi, non ? m'a écrit ma sœur Alix.
– Au moins, on sait qu'elle…
– Est en vie ?
– Heu… Qu'elle va bien.
– T'en sais rien ! Elle peut aller très mal et tenir à vous rassurer quand même.
– Tu verras dans quel état ça a mis papa ! Ça ne l'a pas rassuré du tout ! Comment veux-tu qu'il ne l'attende pas ? Qu'on ne l'attende pas ? Et puis si elle nous aime comme elle le dit, pourquoi elle n'est plus avec nous ?
– On se croirait presque dans un film ou un roman fantastique. Une disparition étrange, et puis la vie qui devient bizarre. T'as remarqué, depuis que maman n'est plus là, tout change ? Comment tu découvres que la famille n'est pas celle que tu pensais, que la réalité est plus compliquée qu'elle n'en avait l'air ?

C'était vrai. Comme si tous les membres de ma famille apparaissaient petit à petit sous un jour nouveau.

– Et si maman était passée dans une autre dimension ? Dans une réalité parallèle ?

– T'es sérieuse ?

– Non. Mais ça me fait penser à Ewilan.

La Quête d'Ewilan, une série de romans que ma sœur avait adorée, il y a quelques années, et qu'elle m'avait fait lire. C'était écrit par Pierre Bottero. Je me souvenais encore du tout début du premier tome :

« Camille était âgée exactement de quatre mille neuf cents jours, soit un peu plus de treize ans, la première fois qu'elle effectua "le pas sur le côté". »

Un pas qui la menait dans un monde parallèle où elle s'appelait Ewilan et vivait des aventures extraordinaires.

Tout semblait indiquer que, à sa façon, maman elle aussi avait fait un pas de côté sur ce parking d'Ikea et qu'elle continuait sa vie dans une réalité qui, si elle n'était ni parallèle ni fantastique, était sans mon père et sans moi.

HORS COMPÉTITION

Au lycée La Bruyère, on formait un petit groupe à part, nous les musiciens, pas du tout intégré avec nos horaires aménagés, notre programme particulier, nos heures de sport et de science en moins, nos après-midi au conservatoire. Surtout, on ne ressemblait pas aux autres, qui, déjà, versaillais, ne ressemblaient pas non plus tout à fait aux lycéens du reste de la France ! Le Versaillais est à part, un peu anachronique, et le musicien versaillais est carrément historique. Dans sa manière de s'habiller mais surtout dans ses goûts. Nous avions tous été élevés dans un environnement musical classique, et étions complètement à la ramasse pour ce qui était des musiques à la mode chez les jeunes de notre âge. Incollables sur Mozart, Debussy ou Stravinsky, ignares en rap, R & B, slam ou rock. Pareil pour le ciné ou les séries télé. Comment voulez-vous être au niveau de ceux qui, en moyenne, regardent la télé trois heures trente par jour quand, en plus du boulot pour le lycée, vous faites au moins deux heures d'instrument quotidiennement et souvent le double le week-end ! Du coup, on nous regardait comme des bêtes curieuses, ou pas du tout. Je crois qu'aux yeux des autres lycéens, on faisait un peu pitié. On dit que la musique adoucit les mœurs, mais je crois que c'est parce qu'elle est faite par des gens plus doux au départ, qui vont vers elle par besoin de douceur, par fragilité. Et cette douceur, cette fragilité, comme la culture, la sensibilité au beau ou la bonne éducation sont tout sauf un atout dans la jungle d'un lycée. Et en seconde, j'avais compris depuis un bail déjà que ça n'aidait en rien avec les filles. Ou alors il aurait fallu que j'aie choisi la guitare, et pas le piano, et encore, surtout pas la guitare classique qui n'a vraiment rien de sexy, sorte de guitare en habit de scout ayant l'air de sortir de la messe ! Nous étions sept garçons dans la classe, certainement les plus niais avec les filles de tout le bahut. Plus puceaux que puceaux. Est-ce qu'il existe un mot pour désigner cet état ? C'est hors catégorie, hors compétition. J'admirais bien trop les filles pour ne serait-ce qu'oser penser à tenter ma chance avec l'une d'elles et nourrissais sans espoir le rêve d'un monde où je n'aurais pas le premier pas à faire, environné que je serais de filles non pas « faciles » mais naturellement séduites par mon tact et ma discrétion. Or la discrétion, c'est comme la musique classique, avec les filles, ça ne marche pas. La concurrence, au lycée, était bien trop grande. Trop de filles, trop de garçons, et des rapports bien trop directs et brutaux pour moi. Je te prends, je te jette, je te traite, je te reprends ! Encore un exemple de notre, de *mon* anachronisme : le vocabulaire. Par exemple l'utilisation du mot *traite*r pour dire *insulter* : « Pourquoi tu me traites ? » Tout le monde parlait comme ça, mais quand moi je le faisais, ça sonnait faux, on aurait dit que j'étais déguisé. Comme quand je m'essayais à des « ça va le faire », ou à mettre des « trop » dans ma conversation. On aurait dit des parents quand ils essayent d'avoir l'air jeune. Sauf que moi, j'étais jeune ! D'un point de vue arithmétique seulement. J'avais bien essayé de ne pas mettre de ceinture pour avoir le pantalon sous les fesses et le boxer apparent, mais je trouvais ça inconfortable.

« Inconfortable ! m'aurait lancé ma sœur. Qui, à seize ans, se soucie de "confort" ? Mon pauvre petit frère, t'es vraiment un cas désespéré. »

Je me sentais plus dans mon élément au conservatoire, mais comme les filles n'y étaient pas plus dégourdies que moi, rien ne se passait. J'aurais aimé m'en foutre, à l'image de Mathias, mais je ne pensais qu'à ça !

Il y avait une fille, à la chorale, qui n'était pas de ma classe et à qui j'avais l'air de plaire si j'en croyais les sourires qu'elle me lançait à tout bout de champ. Elle passait pour la fille la plus moche du conservatoire, à raison, sauf que son corps était magnifique, parfait. Elle éveillait en moi un curieux mélange d'attraction et de répulsion dont le résultat était que je ne savais absolument pas comment me comporter avec elle et donc, ne faisais rien, ce qui, finalement, ne me changeait pas beaucoup des autres filles.

Je chantais très bien, mais d'une voix encore aiguë qui me faisait honte même si ma prof me disait que c'était une bénédiction. Mathias, lui, était passé du côté des voix graves, le côté des garçons, alors que j'étais encore en alto, avec les filles. Ma sœur Alix était restée très peu de temps au conservatoire et, après quatre ans de harpe, s'était jetée dans la pop avec un goût prononcé pour des chansons d'amour que je trouvais débiles.

« Qu'est-ce que t'y connais à l'amour ? » me disait-elle avec mépris.

Ni plus ni moins qu'elle, lui répliquais-je en général, même si elle avait trois ans de plus que moi. Et, dans le seul but de l'agacer, ce qui marchait à chaque fois, j'opposais ses bluettes insipides jonchées de « *I love you* », « *I miss you* », « *You take my breath away* » aux plus fameuses scènes d'amour d'opéras italiens ou allemands dans lesquelles, en général, l'amant ou l'amante, et souvent les deux, mouraient de chagrin et dans d'atroces souffrances.

LES CHAUSSETTES ROUGES

– T'as des goûts de vieux ! m'a lancé ma sœur. Si tu n'aimais pas la musique, je crois que tu finirais curé.
– N'importe quoi !

C'était trois semaines après le départ de maman et, n'ayant plus rien à me mettre, et commençant à avoir de l'asthme à cause de la poussière qui s'accumulait dans l'appartement, j'avais pris les choses en main.

Les femmes de ménage avaient toujours été un grand souci dans la famille, et le domaine réservé de maman et de bonne-maman qui servait de rabatteuse et de crash-test en la matière. Quand elle engageait une femme de ménage, une journée chez nous était incluse dans son contrat et comme, en général, les pauvres filles ne supportaient pas ma grand-mère plus d'un trimestre, ç'avait été un véritable défilé depuis mon enfance. La dernière nous avait quittés une semaine avant « le parking d'Ikea », et il y avait peu de chance pour que bonne-maman recommande qui que ce soit à mon père après leur dernière conversation. Papa, lui, ne devait pas savoir faire marcher un aspirateur et il était de toute façon bien trop occupé à tenter de monter mon lit en mezzanine.

J'ai lancé une machine à laver et sorti l'aspirateur du placard de l'arrière-cuisine.

Encore un truc qui énervait ma sœur et qui lui donnait l'occasion de se moquer de moi et de me traiter de « jeune vieux » : j'aimais l'ordre et la propreté, parce que ça me rassurait. Ma chambre – sauf quand mon père y montait des meubles Ikea – était toujours rangée, le lit fait, mes CD classés par ordre alphabétique de compositeurs. Quand je me couchais le soir, je rangeais mes vêtements dans le placard que je fermais ensuite à clé, je repoussais bien tous les tiroirs de mon bureau sur lequel je ne laissais rien traîner et je disposais les doubles rideaux d'une manière particulière, toujours la même, qui laissait entrer un rai de lumière de l'extérieur. Je faisais certains gestes le soir comme un rituel sans lequel je n'arrivais pas à trouver le sommeil.

– Tu trouveras jamais une fille qui veuille de toi, m'a écrit Alix alors que je terminais de passer l'aspirateur dans le salon.

– Qu'est-ce que t'en sais ? Il y a sûrement plein de filles qui adoreraient vivre avec quelqu'un de soigneux !

– Soigneux ! Putain... Tu veux dire le genre de mec qui plie bien son pantalon avant l'amour ? Super sexe !

J'ai préféré ne pas répondre à une ironie aussi primaire.

– Les femmes, ce qu'elles veulent, c'est de la passion, de la fantaisie, du souffle ! Regarde mamie et son Drago !

Je n'ai jamais été très bon pour garder les secrets.

– N'empêche que c'est papy Édouard qu'elle a épousé.

– Bien obligée, m'a répliqué ma sœur. Tu retournes quand la voir pour entendre la suite de son histoire ?

– La suite !

– Parce que tu crois quand même pas qu'elle est terminée ? Que son grand secret si lourd à porter c'est qu'elle a aimé un autre homme avant son mari !

– Ben...

– Mon pauvre Pierre... On t'appuierait sur le nez qu'il t'en sortirait du lait.

Vexé, et ne voyant pas ce qu'elle voulait dire, j'ai fait la poussière, armé d'un chiffon et d'un plumeau, prenant bien soin de ne pas déranger le plateau d'échecs sur la table basse du salon puis j'ai passé l'aspirateur dans toutes les pièces sauf dans la chambre d'Alix.

– Tes yeux verts, dans une famille où ils sont tous soit bleus soit marron, ça ne te dit rien ?

Elle commençait à vraiment m'agacer, et j'ai mis fin à l'échange.

La machine avait fini de tourner et j'ai étendu le linge dans la buanderie, étonné de constater que tout était devenu rose pâle, rose layette, à cause d'une malheureuse paire de chaussettes rouges glissée avec le reste.

LA CHAMBRE 103 (3)

– J'avais toujours été réglée comme du papier à musique, alors j'ai vite compris ce qui se passait.

Mamie était en forme ce jour-là, impatiente de parler, donnant l'impression qu'elle m'avait attendu pour poursuivre son récit. Elle se tenait debout à la fenêtre, une cigarette à la main.

– Tant pis si miss gros-cul se pointe ! m'avait-elle dit. J'ai passé l'âge de me cacher pour fumer. Et puis au prix qu'on paye chaque mois pour cette chambre minable… T'en veux une ?

J'avais décliné et elle avait glissé son paquet dans la poche de sa robe de chambre.

Puis elle avait attaqué, sans hésiter, donnant l'impression que les mots étaient prêts, répétés à l'avance. Je n'étais pas sûr de comprendre à quoi sa première phrase faisait référence, mais elle n'a pas tardé à me mettre les points sur les *i*.

– Enceinte sans être mariée, à l'époque, c'était la honte, la déchéance. J'étais une fille perdue. Je n'ai pas paniqué, et j'y ai même vu un signe du destin, une chance. Ma chance. J'ai attendu d'être certaine, mais avec deux mois de retard et les seins qui me faisaient mal comme s'ils étaient chacun coincés dans une tapette à souris, il n'y avait plus de doute. Je commençais à rêver de la cérémonie – il n'allait pas falloir traîner si on ne voulait pas que ma grossesse se voie sous les voiles de ma robe de mariée –, de Drago superbe dans un costume trois-pièces, de moi rentrant dans l'église au bras de mon père qui serait sans doute très ému de me voir épouser un Italien. Finalement, ce qui était une sacrée tuile allait me permettre de réaliser mon rêve et aider Drago à franchir le pas, à devenir adulte. Car il m'aimait, je n'en doutais pas. Il m'aimait à sa manière fière d'Italien qui se donne des grands airs.

Mamie a fini sa cigarette mais en a allumé une autre aussitôt. Elle parlait de plus en plus vite :

– Il avait disparu presque deux semaines entières. Quand enfin il est réapparu, il était attentionné et pressant comme jamais. J'ai voulu lui parler immédiatement mais pas moyen d'en placer une avant que nous fassions l'amour, ce qui, après tout, me convenait très bien aussi, autant l'avouer. « Faut que je te parle, Drago », je lui ai dit alors qu'il se rhabillait déjà. « Plus tard, ma Michelle (il prononçait Mikèlé, et j'adorais ça), j'ai un rencard. » « C'est important. » « Mon rendez-vous aussi est important. » « J'attends un enfant. » « Un enfant ! »

Il avait froncé les sourcils. « Mais de qui ? » Il y avait déjà de la colère dans sa voix, et j'ai trouvé cette naïve jalousie touchante. « Mais de toi, Drago. Il n'y a que toi ! » Il n'a rien dit, il m'a regardée, figé. Je m'en souviens comme si c'était hier. J'ai eu une boule dans la gorge. Mais je me suis dit que c'était normal qu'il soit surpris, sous le choc. Il s'est allumé une cigarette, s'est mis à la fenêtre, a regardé dehors. Je me suis levée, j'ai marché jusqu'à lui, je l'ai enlacé. J'avais peur, soudain. J'avais froid, j'étais glacée à l'intérieur. « Drago. » Il n'a rien dit, a recraché sa fumée. « Drago ! » « Quoi ? » Il avait la voix sèche et dure. « Tu m'aimes, Drago ? » Il a tiré sur la cigarette qu'il tenait entre le pouce et l'index.

Et comme revivant la scène, ma grand-mère a fait le même geste que son amant, plus de cinquante ans en arrière.

– « Drago ? Tu vas te comporter en gentleman ? » C'était la mode d'utiliser des mots anglais, un peu comme maintenant, d'ailleurs. Je me serais mal vue lui demander s'il comptait se comporter en homme d'honneur, même si c'était bien ça que ça voulait dire… Il m'a regardée, a jeté son mégot par la fenêtre comme on pousse une bille d'une pression du bout de l'index. « Pour qui tu me prends ! Évidemment que je vais me comporter en gentleman. » Ce n'était pas la demande en mariage, un genou à terre, dont j'avais rêvé, mais j'étais soulagée, ayant cru, un instant, qu'il allait se défiler.

« Il a terminé de s'habiller, nerveusement, m'a embrassée du bout des lèvres et m'a dit qu'il n'en avait pas pour longtemps, qu'il fallait qu'il aille à ce rendez-vous.

« Je ne l'ai jamais revu. J'ai attendu. Un jour, deux jours, une semaine, deux semaines. Je devenais folle. Une douleur indescriptible, dont je pensais chaque jour avoir atteint les limites mais qui, le lendemain, était encore plus forte.

« Il m'a fallu un mois pour admettre que c'était fini, qu'il avait pris la fuite qu'il m'avait laissée avec le fruit, amer, de notre amour. De mon amour. »

Mamie s'est tue un instant. Elle a fermé les yeux et je crois qu'elle ressentait encore cette douleur, qu'elle la revivait, que son récit l'avait réveillée, comme on souffle sur des braises en remuant la cendre.

Mon cœur piquait un sprint. Je comprenais enfin où nous menait cette histoire, cette confession, l'aveu de ce secret. Et d'où venaient mes yeux verts.

LA CHAMBRE 103 (4)

– J'ai tout essayé. Les cachets, d'abord. J'ai vidé l'armoire à pharmacie de ma mère et j'ai enfourné l'ensemble. Sauf que depuis deux semaines j'avais des nausées irrépressibles à cause du bébé, et que je n'ai rien pu garder. J'ai pensé me pendre mais je n'avais pas de corde et je n'ai jamais su faire les nœuds. Il y avait bien le treuil dans l'atelier de papa mais l'imaginer me trouvant bleue et la langue sortie en arrivant au boulot le matin me rendait malade. Pareil pour la possibilité de sauter par la fenêtre de ma chambre, ce que mes parents auraient trouvé sur le trottoir devant le garage n'aurait pas été joli à voir. Alors j'ai marché jusqu'à la Seine et j'ai enjambé le pont des Invalides pour sauter dans le vide. Je ne savais pas nager, on était en hiver, l'eau devait être glacée et, au moins, mes parents ne subiraient pas le choc de découvrir mon cadavre. J'avais fermé les yeux, et j'ai mis un moment avant de les rouvrir. J'avais mal au dos, aux fesses, mais je n'avais pas froid et je n'étais pas en train de me débattre dans l'eau sombre du fleuve. Il y avait eu un bruit bizarre, un peu dégoûtant, et comme un léger couinement. Une brise joyeuse agitait mes cheveux. C'était tellement incroyable et ridicule que j'ai éclaté de rire. J'ai ri, j'ai ri, puis j'ai pleuré de rire, et pleuré tout court. Puis vomi. J'étais tombée sur une péniche qui transportait du sable. Et le pire, c'est que j'avais atterri pile sur le chien du pauvre marinier qui roupillait tranquille, étendu sur le sable. Une grosse bête, je ne sais pas de quelle race, je n'y connais rien et de toute façon, il était méconnaissable après que je lui étais tombée dessus du haut du pont. La pauvre bête était morte sur le coup, c'était pas beau à voir, et son maître n'arrivait pas à le croire. En plus, comme il me l'a dit plus tard, une fois un semblant de calme revenu et que j'ai eu cessé de pleurer et de vomir, il n'aurait jamais dû être là à ce moment précis, ayant justement retardé son départ d'une demi-journée parce que son chien, qui était âgé, avait eu un malaise et avait dû voir un vétérinaire.

« Je suis rentrée à la maison avec un fort sentiment d'irréalité, l'impression d'être sortie de ma vie. L'homme que j'aimais avait disparu, j'étais enceinte, je venais d'assassiner un pauvre vieux chien. Je n'avais même plus la force de mourir. Je n'avais plus la force de rien. Quand est venu le dimanche, ton père s'est présenté comme toutes les semaines. On a fait notre promenade et à deux reprises, il m'a demandé ce qui n'allait pas, pourquoi j'étais si sombre et silencieuse. Alors que nous nous apprêtions à faire demi-tour comme chaque fois, il s'est arrêté, m'a attirée à lui et m'a embrassée avec plus de passion qu'il ne m'en avait jamais montré. Puis il m'a dit : "Venez, Michelle." Il m'a entraînée vers un petit hôtel, a pris une chambre et m'a fait l'amour, maladroitement, timidement, avec émotion.

« Je ne pensais qu'à Drago, à l'intensité de nos étreintes, et j'avais envie de pleurer. Il m'a raccompagnée chez mes parents et, une fois de plus, m'a demandé si je voulais être sa femme. Et j'ai dit oui, comme on se jette à l'eau. Mais cette fois, aucune péniche n'est passée.

« Mes parents ont été fous de joie d'apprendre la nouvelle. Édouard était un garçon sérieux, et un fils de commerçant. Ils trouvaient touchant son empressement, sa volonté de fixer la date des noces au plus vite. Je n'ai pas pu m'empêcher de calculer qu'avec un peu de chance, mon état passerait encore inaperçu. Je revenais à la vie, malgré moi. Dans les semaines qui ont suivi, Édouard est redevenu le prétendant sage et respectueux qu'il était avant l'épisode inattendu de l'hôtel. Comme je n'avais pas envie de lui, et ne pensais toujours qu'à Drago, ça ne m'a pas gênée, au contraire. Trois semaines plus tard, à trois semaines encore de notre mariage, lors de l'une de nos promenades sur la butte Montmartre, j'ai resserré mon étreinte sur son bras et lui ai dit : "Édouard, j'ai quelque chose à vous dire." "Oui Michelle." "Je crois que... enfin je suis sûre que... " "Que ?" "Que j'attends un enfant."

Il s'est arrêté, m'a regardée, m'a souri doucement, presque tristement et m'a embrassée sur le front. "J'ai toujours voulu être père, m'a-t-il dit. Nous allons être très heureux tous les trois." »

Mamie m'a regardé. Elle semblait fatiguée, elle n'avait pas dû parler aussi longtemps depuis des années. Je n'avais pas dit un mot, je me sentais muet, stupéfait, ému. Ma grand-mère a soupiré et a ajouté :

– Je n'ai jamais été amoureuse d'Édouard. Mais il a été le meilleur des époux, et le meilleur des pères. Mais je n'ai jamais aimé que Drago, ce magnifique salopard.

J'ai compris qu'elle cherchait encore ses mots.

– Tu sais tout, a-t-elle ajouté. Presque tout… Il y a quinze ans, quand ton père est mort, quelques jours avant qu'il ne soit plus capable de parler, un soir, j'allais rentrer à la maison, tu sais comme je passais mes après-midi auprès de lui dans la chambre à l'hôpital, je l'ai embrassé sur le front mais il m'a pris la main. Il était très faible, il parlait très bas et j'ai dû tendre l'oreille pour l'entendre. Il m'a dit : « Une chose, Michelle. Je voudrais, je te demande de me promettre que jamais, jamais, tu ne diras la vérité à Patrick sur son père. » Et là j'ai tout compris. Trente ans après. Compris qu'il savait depuis le début, qu'il savait que j'étais enceinte de Drago avant de m'emmener dans cet hôtel, qu'il l'avait fait, et couché avec moi, pour rendre possible mon mensonge, la supercherie, pour sauver mon honneur et me permettre de m'en tirer sans embarras même vis-à-vis de lui. Il avait toujours su qu'il n'était pas ton père.

Mamie avait les larmes aux yeux.

– C'est peut-être pas bien ce que je fais là, de ne pas tenir cette promesse. Mais je voulais que tu saches. La vérité, mais aussi combien Édouard était quelqu'un de bien. Un gentleman. J'aurais tant voulu savoir mieux l'aimer.

Cette fois, elle avait tout dit et moi, j'avais mon compte. Je me sentais exténué. J'avais besoin de calme, de silence, pour comprendre, ou plus plutôt ressentir, la portée de tout ce que je venais d'entendre.

Je me suis levé, j'ai embrassé ma grand-mère et je lui ai dit au revoir. Au moment où j'allais franchir la porte et que je renfilais mon blouson, d'une voix soudain légère, comme si l'heure qui venait de passer n'avait pas existé, mamie m'a dit qu'elle trouvait que ça ne m'allait pas très bien, le rose layette de mon T-shirt.

HYPOTHÈSES

Quand je suis rentré à la maison, j'avais envie de me mettre au piano, de me jeter dans le travail, de m'abandonner à cet état particulier qui mêle l'émotion et la technique, fait d'automatisme et d'instinct, à cette harmonie temporaire entre mon corps et mon esprit que me procurait la musique. Mais j'ai trouvé papa et bon-papa en pleine discussion au salon. J'ai embrassé mon grand-père et je les ai laissés parler, comprenant qu'il était question du travail de mon père.

J'avais besoin de faire quelque chose. Ma chambre était toujours un chantier, même s'il touchait à sa fin, que mon lit était monté et qu'il ne restait plus que le bureau à terminer.

Dans la buanderie, le linge était sec et j'ai sorti la table à repasser et le fer. Je savais repasser depuis l'âge de huit ans, parce que Béatrice, l'une des femmes de ménage qui s'étaient succédé à la maison, et sans doute celle qui avait tenu le plus longtemps, m'avait appris à le faire, estimant qu'un homme devait être capable de repasser ses chemises, de recoudre un bouton et de se faire à manger.

Les gestes me sont revenus vite, et avec eux, le plaisir que j'ai à manier le fer ronflant, soupirant, l'odeur de propre chaud, la satisfaction de voir le tissu se lisser.

Il y avait un bon tas de T-shirts et plusieurs chemises à mon père, toutes rose layette.

Je ne pouvais pas m'empêcher d'entendre les deux hommes parler. Je n'essayais pas, d'ailleurs. Tendant l'oreille au contraire, je me suis fait la réflexion que depuis la disparition de maman, j'étais envahi par la vie des adultes qui m'entouraient, comme si des digues avaient rompu, qu'un soudain déséquilibre me privait de ma position d'adolescent pour me bringuebaler au cœur de l'existence mouvementée de mes aînés.

Papa et bon-papa parlaient calmement, posément. Je comprenais que mon père essayait d'expliquer pourquoi il ne comptait pas retourner au bureau, reprendre son poste, disant que ce n'était pas seulement à cause de l'attente du retour de sa femme, mais qu'il s'agissait d'une prise de conscience, que c'était tout bonnement au-delà de ses forces, depuis longtemps, et que maintenant, il n'avait plus le ressort pour passer outre. Bon-papa a parlé de congés à prendre, puis d'un certificat médical sans lequel il ne pourrait continuer longtemps à assurer son salaire sans que cela pose des problèmes à la société.

– Je comprends, a répondu mon père.

J'ai reposé le fer à repasser en me demandant si, moi aussi, je pourrais me faire faire un certificat médical. Si mon père n'avait plus la force d'aller au travail parce que sa femme avait disparu, pourquoi moi l'aurais-je de continuer à aller au lycée, au conservatoire, de faire le ménage et le repassage alors que ma mère n'avait pas donné signe de vie depuis presque un mois ? Et si moi aussi, soudain, je n'en pouvais plus, *c'est tout* ?

Je m'en suis voulu aussitôt de ce mouvement d'humeur, de cette rancœur et me suis dit que c'était justement parce que mon père allait mal que moi, je devais tenir bon.

Le soir dans mon lit, avant d'éteindre pour dormir, j'ai eu une « conversation » avec ma sœur. J'avais besoin de faire le point sur tout ce que m'avait révélé mamie.

– Tu te rends compte si elle avait réussi à se tuer ? S'il n'y avait pas eu la péniche, le pauvre chien à ce moment précis, à cet endroit précis !

– Papa n'existerait pas, m'a répondu Alix, et nous non plus.

– À quoi ça tient ? Entre ça et la rencontre de papa et maman ? Sans cet accident, ils ne se seraient peut-être pas connus, n'auraient pas eu d'enfants ?

– On est tous des accidents. La vie est un accident.

Elle avait l'air de trouver ça exaltant. Moi pas. Parce que si notre destin tenait à si peu de choses, à des hasards, des accidents, chacun de nos gestes, chacune de nos décisions pouvait influer sur notre avenir et sur celui de nos éventuels descendants ! Qui savait si, demain, en allant au lycée, je n'allais pas rencontrer la femme de ma vie ?

– Dans tes rêves, petit frère.

– C'est juste un exemple ! Le matin, je prends toujours le même chemin pour aller au bahut, mêmes rues, mêmes trottoirs, mêmes passages piétons, même bus, même heure. Imagine que je change un matin, pour je ne sais quelle raison, des travaux par exemple, que je prenne une autre rue, ou que je rate mon bus parce qu'il y avait un nœud aux lacets de mes baskets. Je continue à pied, ou je prends le bus suivant, et je rencontre une fille dont je tombe amoureux et qui, un jour, devient ma femme. Mais en même temps, on peut imaginer que cette femme avec qui je dois faire ma vie soit dans l'autre rue, ou dans le bus que j'ai manqué, celui que je prends d'habitude et qu'elle ne prend jamais, sauf ce matin-là par un autre concours de circonstances. Et du coup je ne la rencontre jamais. En prenant à gauche, je choisis sans le savoir une vie et je tourne le dos à une autre ! Comment savoir laquelle aurait été la meilleure, celle de la rue de gauche, ou celle de la rue de droite ?

– On ne peut pas savoir.

– Mais c'est des coups à rester au lit de peur de bouleverser l'avenir au moindre pas !

– Sauf que c'est pas en restant au lit que tu vas la rencontrer, la femme de ta vie.

Ce n'était pas faux.

J'ai fermé les yeux un moment. Je pensais à mamie, seule dans sa chambre beige, dans la maison de vieux. Puis à mamie amoureuse au point d'en mourir. Ces idées m'ont amené à celle de papy Édouard qui, en vérité, n'était pas mon grand-père, puis à cet homme dont je ne savais rien mais dont je descendais.

– Putain, j'ai écrit à ma sœur, tu te rends compte que j'ai du sang italien !

– Ouais, ben moi aussi, et ça me fait une belle jambe.

Après un temps de silence, j'ai ajouté :

– Tu crois qu'il y a des secrets aussi, du côté de maman ?

– Je vois mal bonne-maman folle de désir pour qui que ce soit.

– Moi non plus, mais qu'est-ce qu'on en sait ? Si ça se trouve, on a du sang anglais, allemand ou lapon !

– Ou alors tu n'es pas le fils de ton père ?

– Sauf que je lui ressemble. Alors que toi ?...

Elle n'a pas répondu et j'ai éteint ma lampe de chevet, très satisfait, pour une fois, d'avoir eu le dernier mot.

LE PUZZLE

Tant qu'à faire de remuer le passé, autant aller au bout des choses.

Le dimanche suivant, c'est moi qui me suis invité pour le goûter rue Mademoiselle. Ma tante Bertille était là, qui nous a fait des crêpes. On faisait comme si tout allait bien, évitant d'aborder le sujet de mon père, de ma mère et j'ai profité d'un creux dans la conversation pour demander à mes grands-parents comment ils s'étaient rencontrés.

Bonne-maman a eu l'air surprise par cette question mais je n'ai perçu aucun signe de gêne dans sa réaction. Ni du côté de bon-papa qui, au contraire, a souri. Soulagé, je me suis dit qu'il n'y avait peut-être cette fois aucun secret douloureux à découvrir.

– Raconte, toi, a dit ma grand-mère à bon-papa.

Nous étions tous les quatre dans la cuisine, le soir tombait sur le petit jardin clos de murs, sur les bambous géants dont un vent léger agitait les cannes derrière la baie vitrée.

– Tu sais que j'ai perdu mes parents très jeune, a commencé mon grand-père à mon intention.
– Oui.
– Mon père d'abord, dont je n'ai aucun souvenir. À la guerre. Et puis ma mère quand j'avais huit ans, de maladie, je n'ai jamais vraiment su laquelle, d'ailleurs. Les enfants savaient peu de choses de la vie des adultes, à l'époque, ce n'était pas comme aujourd'hui.

J'ai souri intérieurement à cette réflexion.

Rien de neuf pour le moment, les tombes de mes arrière-grands-parents étaient dans le cimetière rue des Missionnaires, à cinq minutes à pied, et elles avaient souvent été un but de promenade quand j'étais petit et que je passais mes mercredis rue Mademoiselle.

– On sortait tout juste de la guerre, la mort, on avait vécu avec elle au quotidien, et à huit ans, j'étais déjà un homme, en tout cas c'est ce que je voulais être. Je m'étais juré de ne pas pleurer le jour de l'enterrement. J'ai tenu bon longtemps, mais juste quand c'était fini, que le cercueil était dans le trou, j'ai fondu en larmes. Et qu'est-ce que c'était bon ! Bon de ne pas cacher mon chagrin, ma peur, ma détresse. Je pleurais, je sanglotais. Les adultes se sont éloignés, je crois que c'est ma tante qui a jugé que j'avais besoin de ce moment-là à moi, la sainte femme. Et puis soudain, j'ai senti une main dans la mienne. Une petite main, chaude. C'était ta grand-mère.

Bon-papa a regardé bonne-maman, ils se sont souri. Bonne-maman a pris le relais.

– Je n'aurais pas dû être là. En fait, mes parents habitaient juste à côté du cimetière, une maison qui a disparu, depuis, tu sais, là où il y a un immeuble avec des rambardes en bois et un palmier devant ?

Je voyais, juste après le cimetière.

– J'étais fille unique, mais je jouais souvent avec une voisine. À la balle, j'adorais ça, un vrai garçon manqué. L'autre aurait préféré les poupées, mais comme elle était chez moi, c'est moi qui décidais. On était organisées comme ça : quand j'étais chez elle on faisait ce qu'elle voulait, quand elle était chez moi, c'était l'inverse. Et la balle est passée par-dessus le mur. Il était formellement interdit d'aller dans le cimetière alors que c'était très simple d'enjamber le mur, simple, tentant et inquiétant en même temps. Bref, j'en mourais d'envie. Mais interdiction, pour moi et pour la voisine. C'était une trouillarde, une fifille à sa maman, alors elle a regardé le mur comme une cloche, les bras ballants. Moi, je suis montée à califourchon dessus. La voisine me disait de redescendre, elle avait peur à en mouiller sa culotte, de se faire attraper par les parents, mais surtout des fantômes, je crois… J'avais peur aussi, mais rien que pour l'embêter, j'ai sauté. J'ai cherché la balle, je l'ai trouvée tout de suite mais maintenant que j'étais là, j'avais envie d'explorer un peu les allées. Et puis j'ai vu ton grand-père, si mince, si fluet dans son costume si sérieux. On aurait dit un homme qui avait rétréci. Une miniature d'homme. Et il pleurait, il pleurait. Je crois que je n'avais jamais vu un garçon pleurer, et ça m'a plu. C'étaient des vraies larmes, que l'on sentait brûlantes, pas les simagrées de ma voisine ou de mes copines qui pleurnichaient pour un rien et qui me tapaient sur les nerfs. Je me suis avancée, sans bruit, et je lui ai pris la main. Tu te souviens de ce que j'ai dit ?

– Oui, a dit mon grand-père.

– Moi pas.

– Tu m'as dis : pleure pas, petit garçon, je suis là.

Ma grand-mère a ri.

– J'avais deux ans de moins que lui ! À peine six ans ! Quel culot !

J'étais ému mais je voulais le cacher. J'ai regardé vers Bertille qui, elle, pleurait pour de bon, même si elle avait déjà entendu cette histoire.

– Et je suis toujours là, a dit ma grand-mère, presque soixante-dix ans plus tard !

Mon grand-père a poursuivi :

– À la mort de ma mère, j'ai vécu chez ma tante, dans le quartier, rue Montebello. On est devenus inséparables, ta grand-mère et moi. On passait nos jeudis ensemble, ma tante est devenue amie avec les parents de Marie-Luce. Ils disaient, pour rire, en nous voyant toujours ensemble : « On va les marier, ceux-là ! » Ils ne croyaient pas si bien dire. On s'est mariés dès qu'on a été en âge de le faire.

En quittant mes grands-parents ce soir-là, j'ai voulu passer par le cimetière, qui était au bout de la rue. Il était sur le point de fermer, mais j'ai dit au gardien que je n'en avais que pour quelques minutes. J'ai filé droit vers la tombe de mes arrière-grands-parents et j'ai essayé d'imaginer la scène, de me plonger dans le passé. J'ai regardé vers l'immeuble qui avait remplacé la maison des parents de ma grand-mère, j'ai imaginé le ballon passant par-dessus le mur, puis la fillette. Puis mon grand-père dans son costume de petit homme, pleurant. Je les ai presque vus, là, se tenant la main, et je me suis dit que c'était un peu de ma naissance. Cet instant-là, comme celui de la mort brutale de ce pauvre chien sur la péniche, sous le pont des Invalides, ou de mon père qui sonne à la porte de la rue Mademoiselle pour livrer des fleurs à une inconnue qui devait devenir ma mère.

Je suis rentré en marchant lentement, le nez vers le ciel qui virait au bleu marine. Il y avait dans l'air comme le pressentiment du printemps, un courant joyeux qui ne demandait qu'à s'installer pour de bon. Je me sentais plein de toutes les histoires, les drames et les joies de ceux qui étaient ma famille. Un puzzle, dont certaines pièces étaient tragiques, mais toutes aussi indispensables que les autres. Comme la mort de mon arrière-grand-mère quand mon grand-père n'avait que huit ans. Une mort qui avait donné naissance à un amour de toute une vie, dont devaient naître plus tard ma mère, puis moi.

C'était réconfortant et affolant en même temps.

Quand je suis rentré à la maison, papa m'attendait, tout excité. Il m'a demandé de le suivre, m'a même pris la main pour m'emmener jusqu'à ma chambre.

Les meubles étaient montés. Mes étagères, mon lit, mon bureau... Elle me plaisait beaucoup.

– Génial ! j'ai dit à mon père.

– Ça n'a pas été sans peine, mais cette fois, c'est fini.

Puis brusquement, il a fondu en larmes. C'était comme si toutes ses forces l'abandonnaient d'un coup, sans prévenir, à la manière d'un ressort qui lâche.

J'étais désemparé. J'avais envie de le prendre dans mes bras mais est-ce qu'on est capable, à seize ans, de serrer son père pour le consoler ?

Il m'a demandé pardon en reniflant, a sangloté de nouveau et est parti en courant presque.

Je suis resté un moment debout, immobile, dans ma chambre qui sentait le contreplaqué.

MA PLACE AU PARADIS

J'avais l'impression d'être le père de mon père. J'attendais dans le salon, anxieux, que le Dr Cohen sorte de sa chambre. C'était le médecin de la famille depuis toujours, autant de mes grands-parents que de nous. La porte s'est enfin ouverte et j'ai cru entendre la voix de mon père, ou de ma mère, quand j'ai demandé :

– Alors, docteur ?

J'avais dit *docteur* avec cette même intonation qui m'énervait chez mes parents, faite de fébrilité et de respect, d'humilité un peu soumise et craintive vis-à-vis de l'homme de sciences entre les mains duquel on remettait la santé de l'être aimé. J'aurais voulu l'avoir appelé *monsieur*, simplement, comme au conservatoire, où le directeur ayant reçu le prix de Rome, l'une des distinctions les plus prestigieuses du monde de la musique, nous devions, élèves comme professeurs, l'appeler « maître », ce qui m'agaçait copieusement.

– Ton père fait une dépression, Pierre, m'a répondu le médecin.

J'ai haussé les sourcils.

– C'est sérieux, la dépression, c'est une maladie, qui se traite.

Il s'est mis à rédiger une ordonnance.

– Ta mère n'est plus là, si j'ai bien compris.

Je n'ai pas répondu.

– Tu vas aller chercher ça à la pharmacie, ça devrait aider ton père à s'apaiser un peu. Et puis il faut surveiller son alimentation. C'est dans la tête, la dépression, mais pas seulement, c'est aussi chimique. Surtout pas d'excitants. Pas de café ni de thé. Pas de Coca non plus. Pas de fruits frais, mais des fruits cuits, des compotes. De la viande rouge, du poisson... Un complément de magnésium, aussi.

Et il a ajouté une ligne sur l'ordonnance, de son écriture illisible, et m'a dit qu'il repasserait en fin de semaine.

Je l'ai remercié, je lui ai serré la main et raccompagné à la porte. J'ai eu peur qu'il me demande de le payer. J'avais l'impression d'avoir pris vingt ans d'un coup.

Papa n'a plus mis le nez dehors. Il passait le plus clair de ses journées au lit, dormait dix-huit heures par jour et ne faisait des apparitions que pour sa toilette et quand je l'appelais pour manger. Il parlait peu et pleurait pour un rien, s'en excusant à chaque fois, me disant que c'était plus fort que lui.

J'ai tout pris en charge. Les repas, le ménage, le suivi de son traitement, la gestion du courrier, des factures, la carte de crédit de papa dont il m'a donné le code pour que je puisse tirer de l'argent quand nécessaire, et j'ai continué à rendre visite à mamie dans la chambre 103 au moins deux fois par semaine. Tout cela et le travail pour le lycée, le piano, le karaté... Je n'ai pas vu le temps passer, les semaines, les mois. Adelia m'a été d'une aide précieuse, ne serait-ce que moralement tant elle était tout le temps de bonne humeur. Elle me disait souvent que si elle avait eu des enfants, elle aurait aimé avoir un fils comme moi. Elle me gardait deux parts des plats qu'elle préparait pour ses clients, que je n'avais plus qu'à réchauffer le soir, et elle n'oubliait jamais de glisser dans le paquet un éclair au chocolat pour papa, qu'elle ne me faisait jamais payer.

– Tu gagnes ta place au paradis, me disait Alix.

C'était ironique, mais je ne voulais pas y regarder de plus près. Elle trouvait que j'en faisais trop, qu'il n'était pas normal qu'un adolescent tienne à lui seul une maison parce que ses parents avaient démissionné. Mathias partageait son sentiment, lui qui avait gardé une dent contre ses parents à cause des mois de tourmente qu'ils avaient traversés au moment de leur divorce. Il était dégoûté par les familles recomposées et surtout par la vie amoureuse trépidante de son père et de sa mère depuis leur séparation.

Alix était persuadée que j'agissais par culpabilité et par peur. Je m'en foutais, ou voulais m'en foutre. Plus j'en faisais et plus j'avais envie, presque besoin, d'en faire. Mais ma sœur n'avait pas tort, il y avait bien une forme de masochisme dans mon ardeur à vouloir tout maîtriser, à veiller fébrilement à ne rien oublier, à ne rien négliger, à même m'en rajouter jusqu'à m'enivrer d'activités. Et de la peur, aussi. J'avais l'esprit en veille permanente, pas loin du surmenage, je me sentais comme « accro » à la tâche et c'était une fuite, une façon de ne surtout pas prendre le temps de regarder les choses en face.

En même temps, je n'avais pas le choix – ou les autres choix, comme celui de tout laisser aller à vau-l'eau par exemple, me terrifiaient –, et puis la situation ne me déplaisait pas. Elle m'excitait, et m'apaisait, d'une certaine façon. J'éprouvais, chaque jour, une véritable satisfaction à tout mener à bien et, en me couchant le soir, fatigué, je me sentais plein, différent des autres, et presque attendri par moi-même.

J'ai réussi mon examen de fin d'année de piano, de solfège et, en grande partie grâce à Mathias qui m'a laissé copier sur lui à volonté, j'ai été admis en première.

Alors que mon père continuait de broyer du noir, l'été est arrivé, les vacances à la mer, comme tous les ans. Mais si différentes pourtant cette année-là.

LA PLAGE DE L'ÉCLUSE

La branche bretonne de la famille vient du père de bonne-maman, né à Pleurtuit, à quelques kilomètres de la côte et qui est enterré dans le cimetière de Saint-Énogat. Notre maison de famille s'appelle *Castor et Pollux*, rue du Clos-Maréchal, à Dinard. Elle porte ce nom depuis la naissance de mon arrière-grand-père qui avait un frère jumeau mort à la naissance, en référence à la mythologie grecque des deux fils de Léda et de Zeus, rien que ça. Ce sont aussi deux étoiles que l'on peut voir dans le ciel de mai à juin, et qui sont représentées sur la façade de la maison.

C'était la première fois que j'allais à Dinard sans mes parents. La première fois aussi que je faisais le trajet dans la voiture de mes grands-parents et, assis à l'arrière, j'étais partagé entre l'excitation de retrouver ce lieu de vacances de tous mes étés et la peur de m'y ennuyer cette fois, sans mes parents et sans ma sœur. Quatre heures de route plus ou moins silencieuses, de quoi passer en revue les six mois passés, six mois depuis la disparition subite de maman.

L'excitation a pris le pas sur l'anxiété quand nous sommes arrivés sur la dernière partie de la route, à cet endroit où, avec Alix, on jouait au « premier qui voit la mer ». Elle apparaît au détour de la route, sur la gauche, et ce n'est pas tout à fait la mer encore puisque c'est la Rance. Le premier qui la voyait avait droit, à l'arrivée, à une sucette au caramel. Ma sœur gagnait toujours à ce jeu, parce qu'elle était plus grande et surtout parce qu'elle était assise du bon côté de la voiture.

Mon cœur s'est gonflé quand la voiture a descendu la côte du barrage de la Rance et que j'ai vu la mer si bleue, les voiles des bateaux, l'île de Cézembre tout au fond. Cette vision si familière refaisait de moi, instantanément, un enfant.

Il y avait une petite tradition, que j'ai encore honorée cet été-là et qui consistait, quelle que soit l'heure de notre arrivée, quel que soit le temps, à me baigner avant toute chose plage de l'Écluse.

Les bains de mer sont une passion que je partage avec maman qui, comme moi, et cela depuis l'enfance, nageait tous les jours de l'été à Dinard alors que mon père et Alix trouvaient l'eau bien trop froide. Début juillet, elle ne dépasse pas les 16 °C, et encore. Nous nous y jetions sans réfléchir, sans la « goûter » surtout, en nous y précipitant en courant, jouant au « dernier à l'eau est une poule mouillée », saisis par le froid, le souffle coupé. J'adorais ça, tant pour le bain, la nage que pour la complicité avec ma mère. Le premier et le dernier bain de l'été étaient des moments à part de ces deux mois à la mer que je débutais chaque année avec une enivrante impression de liberté.

C'était la fin d'après-midi, il faisait beau mais frais à cause d'un vent du nord qui dressait le drapeau vert des secouristes, et le gros des vacanciers n'arrivant pas avant le 14 juillet, la plage était clairsemée. La marée était haute et j'ai nagé jusqu'à la bouée verte qui marque l'entrée du chenal pour les bateaux. Là j'ai fait la planche un moment, regardant le ciel bleu jusqu'à ce que j'aie l'impression d'y flotter puis, me redressant, j'ai regardé la plage vue du large, les maisons en haut des rochers, au-dessus de la digue qui longe la mer, la piscine extérieure bleue, le manège, l'enfilade des portes blanches des cabines, la piscine olympique, le casino, les baraques à crêpes et à gaufres derrière les tentes à rayures bleues et blanches... J'avais fait mes premiers pas sur cette plage, quinze ans plus tôt. Je m'y sentais chez moi, autant qu'à Versailles. D'ailleurs, ces deux villes, dans mon esprit, était étroitement reliées, Versailles et Dinard, et j'y trouvais même une ressemblance, dans le quartier de la piscine de la première, Montbauron, avec ses grandes maisons un peu folles qui ressemblaient à celles qui donnaient ici sur la baie.

Toujours dans l'eau qui, après m'y être habitué, commençait à me paraître de nouveau froide, je me suis senti fatigué, avec une soudaine envie de pleurer. Mais pas de tristesse, plutôt d'apaisement, et j'ai compris que j'étais tendu comme une corde de piano depuis des semaines. Je me suis secoué et me suis remis à nager vers le bord quand j'ai vu, sur la plage, une silhouette féminine, dans un maillot une pièce bleu marine, qui marchait vers la mer. Elle était brune, les cheveux très longs, mince et de toute évidence sportive. Elle est rentrée dans l'eau sans hésiter un seul instant, ce qui a aussitôt éveillé ma sympathie, et s'est mise à nager droit vers le large. Quand nous nous sommes croisés, j'ai vu qu'elle devait avoir à peu près mon âge et elle m'a souri. Nous ne nous connaissions pas mais ce sourire était un signe de complicité parce que nous étions les deux seuls baigneurs à cette heure.

J'ai continué vers le sable, elle vers le large. J'ai couru jusqu'à mes affaires une fois sorti, la peau immédiatement couverte de chair de poule.

Une fois rhabillé, j'ai regardé vers la mer et j'ai vu que la fille, après avoir nagé jusqu'à la bouée verte, revenait vers la plage, en crawl cette fois.

J'avais les jambes coupées par ce premier bain et la montée de l'avenue Édouard-VII jusqu'à la maison m'a semblé longue.

Bonne-maman et bon-papa étaient en train de ranger leurs affaires, de vider leurs valises. Ils avaient ouvert les fenêtres du rez-de-chaussée pour chasser l'odeur de renfermé et d'humidité de la maison, une odeur que j'aimais car elle était pour moi synonyme du début des vacances.

J'avais un message de mon père sur mon portable, pour savoir si j'étais bien arrivé. Je n'ai pas eu envie de lui parler mais lui ai envoyé un SMS pour le rassurer. Même après six mois, j'avais chaque fois le cœur qui battait quand arrivait un SMS, au cas où ce soit un signe de ma mère.

Je suis monté dans ma chambre, celle que j'avais partagée avec Alix pendant douze ans. J'ai vidé ma valise, mis mes vêtements dans l'armoire qui sentait un peu le moisi puis j'ai regardé un moment les livres, les BD et les DVD de l'étagère, tout ce qu'on laissait à Dinard faute de place dans l'appartement de Versailles.

Le cri de goélands, au-dessus de la maison, m'a tiré de ma rêverie. C'est le son le plus enthousiasmant que je connaisse et j'ai aussitôt ouvert la fenêtre et les volets qui, par-dessus le garage, donnaient sur le jardin des voisins, une maison qui s'appelle *Le nid* et qui, tous les étés, était louée à des vacanciers différents. Une brune aux cheveux très longs était en train de pendre son maillot de bain bleu marine sur un fil à linge. Je l'ai reconnue aussitôt. Elle aussi quand elle a regardé vers moi. Et j'ai pu lui rendre son sourire.

COOL !

J'ai dormi quatorze heures d'affilée. J'ai gardé longtemps les yeux fermés une fois réveillé, ne sachant pas où j'étais mais me sentant bien, léger, jusqu'à ce que me revienne au creux du ventre le nœud qui ne me quittait pas depuis six mois. Puis j'ai entendu les goélands, dehors, et j'ai décidé de me foutre de tout, de profiter, d'être en vacances. Je me suis étiré avant de me lever et d'ouvrir les volets.

La voisine était dans son jardin et m'a fait un signe de la main.

– Tu vas te baigner aujourd'hui ? m'a-t-elle lancé.

– Heu... Ouais ! j'ai répondu avec mon sens de la repartie habituel.

– On y va ensemble ?

– Heu... Ouais !

– Seize heures ?

– Ouais !

J'ai refermé la fenêtre, essoufflé comme si j'avais retenu ma respiration tout au long de cet échange, ce qui était exactement ce que j'avais fait.

Trop tard pour le petit déjeuner. Bonne-maman avait déjà mis le déjeuner en route.

– C'est rare que tu dormes si tard, Pierre-Marie !

C'était sans doute la première fois que ça m'arrivait de toute ma vie, étant plutôt du genre lève-tôt.

– Je commençais presque à m'inquiéter ! On passe à table dans dix minutes.

Juste le temps de prendre une douche et j'ai découvert que les maquereaux grillés n'étaient pas mon petit déjeuner préféré.

À seize heures, je ne savais pas bien ce que je devais faire, sonner à la porte, attendre dehors, retrouver la voisine, dont je ne connaissais même pas le prénom, à la plage ? J'ai traîné un peu sur le trottoir, en espérant que mes grands-parents ne pouvaient pas me voir depuis la maison, et elle est sortie, un petit sac en toile sur l'épaule. Elle m'a souri, et je l'ai trouvée très jolie. Plus que ça, même. Le vent du nord était tombé et il faisait nettement plus doux. Par contre, le ciel était parsemé de nuages. La voisine avait attaché ses cheveux. Elle portait des nu-pieds mauves dont n'importe quel autre que moi aurait sans doute aussitôt reconnu la marque, un short en jean et un pull en coton couleur parme à col évasé qui laissait voir les bretelles de son maillot de bain.

– On y va ?

Je me suis retenu de dire *ouais* et je lui ai emboîté le pas, essayant d'avoir l'air détendu alors qu'on aurait pu presser une olive entre mes fesses tellement j'étais crispé.

– Tu viens souvent ici ? m'a-t-elle demandé.

– J'habite ici. Enfin pas toute l'année mais la maison est à mes parents, enfin mes grands-parents. Je viens tous les ans, quoi ! Et toi ?

– Avant, oui. Mais ça fait quatre ans que je ne suis pas venue, depuis le divorce de mes parents. On loue, là, ma mère et son nouveau mec.

– Cool ! j'ai dit en me sentant idiot.

– Non. C'est naze. Le mec de ma mère est un connard et ils passent leur temps à baiser.

Je me suis senti rougir jusqu'à l'extrémité des oreilles, à la fois choqué et envieux d'une telle liberté de langage et de jugement.

En descendant l'avenue Édouard-VII jusqu'à la place de la République, j'ai appris que ma voisine s'appelait Églantine et qu'à la rentrée, elle serait en première dans un lycée du 20e arrondissement de Paris. Répondant par monosyllabes à ses questions, je lui ai parlé des horaires aménagés, du piano, du lycée, de Versailles. Elle était fille unique et j'ai dit que j'avais une sœur aînée, qui ne vivait plus avec nous.

On a pris ensuite par le chemin piéton qui surplombe le parking de la rue Yves-Verney que j'adorais quand j'étais enfant, avec sa fontaine qui ne fonctionne jamais, sous l'immeuble Le Gallic, et qui mène au petit passage souterrain débouchant sur la mer et sous lequel les enfants, comme je le faisais aussi, aiment crier pour entendre résonner leur voix.

Il y avait beaucoup plus de monde sur la plage que la veille, des cris, une odeur de gaufres et d'ambre solaire. On a piqué entre les tentes bleues et blanches, à droite du club des pingouins où une quinzaine d'enfants faisaient du toboggan et du trampoline. Églantine s'est arrêtée à la lisière du sable sec, a posé son sac et a aussitôt enlevé ses vêtements pour se retrouver en maillot.

– Le dernier à l'eau est une poule mouillée ! a-t-elle lancé en se mettant à courir vers la mer.

Le temps que je me déshabille et elle était déjà en train de nager.

J'ai eu du mal à la rejoindre avant les bouées jaunes qui délimitent la zone de baignade. La mer paraissait encore plus froide que la veille parce que l'air du dehors était plus doux. Le vent léger poussait les nuages et de grands rideaux d'ombre fraîche balayaient la plage et la mer par le travers.

– J'adore nager, m'a dit Églantine.

– Moi aussi.

J'ai cherché quoi ajouter de pertinent mais je n'ai rien trouvé.

On est retournés vers la plage en nageant l'un à côté de l'autre, en brasse.

Quand nous avons marché jusqu'à nos affaires, je n'ai pas osé trop la regarder mais j'en mourais d'envie tant je la trouvais belle. Elle a serré ses cheveux entre ses mains. L'eau a coulé sur ses épaules, entre ses seins, et j'ai eu envie de la lécher.

Elle a ramassé sa serviette, a séché les parties nues de son corps et m'a demandé :

– Tu veux bien m'aider ?

– Heu… Ouais !

Elle voulait que je tienne la serviette pour la protéger des regards le temps qu'elle se change. J'ai pris la serviette, que j'ai maintenue autour d'elle, comme un paravent, et elle a commencé à faire glisser les bretelles de son maillot.

J'étais en apnée, regardant ailleurs mais avec la sensation vive de chacun de ses gestes, des bretelles qui glissaient le long de ses bras, de ses seins dénudés, du tissu mouillé qui roulait sur son ventre, sur ses fesses, le long de ses cuisses… Elle a repris la serviette en main un instant pour se frictionner puis m'a demandé de la tenir de nouveau, le temps qu'elle enfile ses vêtements. J'ai aperçu la petite culotte blanche qu'elle a sortie de son sac et qu'elle a enfilée en prenant bien soin de ne pas y glisser de sable puis, avalant difficilement ma salive, j'ai dirigé mon regard vers le large. Elle a enfilé son pull, sans soutien-gorge, j'en étais sûr.

– Merci ! m'a-t-elle dit, un sourire dans la voix en reprenant la serviette dans laquelle elle a roulé son maillot mouillé.

J'utilisais pour me changer une grande serviette bleue marine à rayures bordeaux qu'on appelait « la cabine ». En fait, elle était fermée en haut par un élastique qui permettait de la faire tenir autour du cou ou autour de la taille le temps de se déshabiller et de se rhabiller. C'était un peu ridicule, mais très pratique. Je me suis souvenu en me glissant à l'intérieur qu'Alix avait refusé de continuer à l'utiliser à partir de ses douze ans. Moi pas, ce que je regrettais aujourd'hui, sous le regard intrigué d'Églantine.

Je me dandinais là-dedans à la manière d'une chenille impatiente de devenir papillon. J'ai toujours été très pudique et méticuleux, long à me changer, ce qui agaçait ma sœur et mes parents. J'ai fait de mon mieux pour aller vite cette fois mais j'ai failli me casser la figure en essayant d'enfiler mon slip sec. Du coup, j'ai plongé la tête dans la serviette pour viser juste et suis enfin parvenu à enfiler mon sous-vêtement, me rendant compte aussitôt qu'il était plein de sable. Quand j'ai sorti la tête de ma cabine individuelle, Églantine n'était plus seule. Un garçon était en train de lui faire la bise et je l'ai aussitôt détesté. Il est l'anti-moi ! Le maître étalon du type cool. Torse nu, déjà bronzé le 6 juillet, T-shirt roulé sur l'épaule, pieds nus, portant un short taille basse qui laissait voir l'élastique et la marque de son caleçon. Il avait un vieux ballon de foot sous le bras. Il m'a regardé comme si j'étais le petit frère attardé d'Églantine qui a fait les présentations.

– Pierre, Maxime. Maxime, Pierre.

– Salut j'ai dit, écarlate d'être encore à me débattre pour me rhabiller.

Maxime ne m'a pas répondu mais m'a salué d'un mouvement quasi imperceptible du nez.

– Tu t'es baigné ? lui a demandé Églantine.

L'autre a fait non de la tête et, d'une voix grave qui n'a fait que me le rendre encore plus antipathique, a dit qu'elle était trop froide pour lui. Et il s'est mis à jongler avec son ballon l'air de rien, le faisant rebondir sur son pied au moins trente fois sans qu'il touche le sable. Quand j'ai eu enfin fini de me rhabiller, il m'a fait une passe. Je détestais le foot et n'ai bien sûr pas été fichu de lui renvoyer le ballon correctement. Je suis sûr qu'il l'avait fait exprès, ne m'aimant instinctivement pas plus que je ne l'aimais. C'est une règle universelle, les mecs cool détestent les coincés, et vice versa. Sauf que les cool ont le mépris cool justement, détendu et élégant, alors que les coincés le sont encore plus quand ils sont en présence de quelqu'un qui ne l'est pas !

– Tu viens chez Joachim ce soir ? a demandé le connard à Églantine.

– Ouais. Je passerai après dîner.

Elle s'est tournée vers moi.

– Tu veux venir ? Il y a une soirée chez un copain.

– Heu... J'peux pas, ce soir.

Pas la peine de réfléchir avant de répondre, je n'avais évidemment rien de prévu pour le soir mais je n'étais pas du genre à accepter de sortir « après dîner » chez un copain d'une copine que je connaissais à peine. Ce soir, je dînerai avec mes grands-parents puis je me coucherai tôt. Je me suis senti lamentable, soudain, et vieux, un peu comme me voyait ma sœur, ce qui n'avait rien de glorieux. Je n'étais même pas capable de savoir ce dont j'avais envie, en fait. Je ne sortais jamais parce que ça ne se faisait pas, chez nous. Mon père n'aurait pas approuvé, ni ma grand-mère, et je le savais si bien, depuis toujours, que je ne me demandais même plus si, moi, j'en avais envie ou non. J'arrivais à me convaincre que non pour ne pas avoir à demander l'autorisation à mes parents.

Avec papa, on avait prévu de s'appeler deux fois par semaine au téléphone. Adelia avait promis de passer de temps en temps voir si tout allait bien. La boulangerie était ouverte tout le mois de juillet, ne fermant qu'au mois d'août, le mois où Versailles se vidait complètement, pas mal de ses habitants se retrouvant d'ailleurs à Dinard ou aux environs, comme les Faisandier qui avaient une maison à Saint-Briac, ou encore les parents d'un copain du conservatoire qui passaient leur mois d'août à Saint-Lunaire.

Mon père avait une meilleure voix au téléphone, plus énergique. Il m'a demandé si je m'étais baigné, si la mer était bonne (quand il a dit *mer*, j'ai entendu *mère*), si j'avais mangé une crêpe à la plage. Il m'a recommandé de ne pas tout laisser faire à bonne-maman, de participer aux courses, d'aider à mettre la table.

Juste avant que l'on raccroche, je ne sais pas comment j'en ai trouvé l'audace, sans doute grâce à la distance, parce que plus rien n'était vraiment pareil depuis que maman était partie et parce que je devais me douter que mon père culpabilisait pour tous ces chamboulements dans ma vie, j'ai demandé si je pouvais sortir, ce soir, après dîner, chez des voisins que j'avais rencontrés. C'est là que j'ai su que même si sa voix était meilleure, il était loin encore d'être en forme puisqu'il a dit oui sans même essayer de savoir qui étaient ces voisins.

Et en mettant la table du dîner, après avoir fait une heure de piano sur le vieux Gaveau droit qui sonnait un peu faux, j'ai dit à bonne-maman que je sortais, et que mon père était d'accord.

Elle n'a rien opposé à ce projet, m'a dit de prendre une clé et de ne pas rentrer trop tard.

Je suis monté dans ma chambre, très perturbé par la facilité de l'opération, et me demandant pourquoi je n'avais pas essayé plus tôt. Mais au fond, je savais que ce n'étaient que les circonstances qui rendaient les choses plus faciles, plus libres.

De ma fenêtre, j'ai guetté Églantine, et j'ai fini par la voir dans le jardin. Je lui ai fait signe et lui ai dit que je m'étais libéré pour ce soir, si ça tenait toujours. On s'est donné rendez-vous à 21 heures devant chez elle.

RÊVERIE

Joachim, le copain d'Églantine, recevait chez ses parents, absents pour la soirée. Ils possédaient l'une des plus grandes maisons de la pointe de la Malouine, pas directement sur le front de mer, mais juste le rang derrière, avec une vue époustouflante sur la baie. J'avais toujours considéré ma famille comme privilégiée, mais là, j'entrais dans un autre monde.

Il y avait déjà une vingtaine de personnes, toutes de nos âges, toutes habillées de marques, les garçons savamment décoiffés, le cheveux trop long juste ce qu'il faut pour pouvoir rejeter la mèche en arrière d'un coup de tête, les filles pomponnées sans que ça se voie, avec un apparent détachement, sans les paillettes sur la mèche trop plaquée sur le côté. Je me faisais l'impression d'être le cousin de la campagne dont on a un peu honte, le plouc qu'on n'a pas pu ne pas inviter.

La musique était forte, ça dansait dans certaines pièces, ailleurs on discutait un verre à la main, on fumait, on jouait aux cartes. J'ai croisé le regard du connard de la plage qui a fait celui qui ne me reconnaissait pas.

J'ai rapidement perdu Églantine et, pour me donner une contenance, j'ai pioché un verre de Coca sur une table où des boissons étaient préparées. J'ai fait la grimace à la première gorgée en découvrant que le soda était mélangé à du whisky.

Je sentais monter en moi une humeur que je connaissais trop bien. J'étais en train de m'exclure de la soirée, de me refermer à double tour, d'endosser le rôle du mec différent qui se tient à l'écart parce que c'est dans sa nature profonde. Ben voyons ! J'aurais adoré être ce type que je voyais en train de faire rire deux filles, ou cet autre qui dansait, yeux fermés, un verre à la main tenu par le dessus entre ses doigts, ou celui-là encore, entouré d'une grappe de filles, qui se roulait un pétard. Mais moi, j'étais celui qui ne se sentait jamais à sa place et qui essayait, en vain, de se convaincre que c'était parce que l'attendait un destin extraordinaire.

Après une bonne demi-heure à changer sans cesse de place pour que ma solitude ne se remarque pas trop, j'ai marché jusqu'à une porte vitrée qui ouvrait sur le jardin. L'air sentait le sel, les algues et la pelouse fraîchement tondue. J'ai descendu les trois marches du perron et j'ai traversé le jardin vers un bosquet de buis tourmenté par les vents qui soufflent fort tant de jours de l'année dans cette région du nord de la Bretagne. Son odeur m'a rappelé le parc du château de Versailles. Deux merles s'en sont bruyamment échappés. Par-delà une grille un peu rouillée, la mer s'étirait à perte de vue, absolument lisse et d'un bleu électrique à cette heure où elle semblait vouloir capturer les derniers feux du jour. Le soleil était couché mais le ciel encore clair. Saint-Malo sur la droite, l'île de Cézembre en face... Mon paysage. Qu'est-ce que j'aimais ce coin où j'avais si souvent eu, dans mon enfance, la sensation de me rencontrer moi-même, comme si la mer, cette mer-là en particulier, me permettait d'approcher d'une idée de ma personne plus acceptable. Me rendait meilleur, plus grand à mes propres yeux.

Je me suis mis – ça m'arrivait souvent – à rêver le présent, imaginant Églantine, à l'intérieur, n'écoutant plus la conversation de ses amis parce qu'elle m'aurait aperçu à travers une fenêtre, seul au fond du jardin face à la mer, et se dirait que décidément, je ne suis pas comme les autres. J'entendais la musique au loin et je fantasmais Églantine sortant à son tour, hésitant un peu à la porte-fenêtre puis traversant la pelouse pour me rejoindre sans bruit. Une fois près de moi, elle m'aurait dit « C'est si beau », d'une voix étranglée par l'émotion. Je n'aurais pas bougé, pas répondu, une telle beauté se passant des mots. Après un moment de silence, elle m'aurait demandé si je m'amusais à la soirée, si je ne m'ennuyais pas, et je lui aurais fait un sourire indulgent qui aurait signifié que tout ça n'était plus de mon âge. Elle aurait eu un frisson parce que le soir tombait, un peu humide, et j'aurais enlevé mon pull pour le poser sur ses épaules. On se serait regardés intensément et, doucement, imperceptiblement, j'aurais avancé mon visage pour poser mes lèvres sur les siennes.

Mais Églantine est restée à l'intérieur avec la bande des cool et la seule chose qui se soit vérifiée de ce rêve a été la fraîcheur sur mes épaules, étant donné que j'avais oublié de prendre un pull. Pas oublié, d'ailleurs, mais décidé de ne pas en prendre après avoir longuement hésité, de peur d'avoir l'air idiot avec ma « petite laine », comme aurait dit ma grand-mère.

J'ai retraversé le jardin qui s'effaçait dans les ombres de la nuit.

La musique était douce maintenant, des couples s'étaient formés, certains s'embrassaient, d'autres dansaient ou discutaient. J'avais envie de rentrer à la maison. J'avais peur de trouver Églantine dans les bras d'un autre mais je me suis pourtant mis à la chercher. Je l'ai trouvée dans un salon à l'écart, où l'on pouvait parler sans forcer la voix car la musique était plus lointaine. Elle était assise sur l'accoudoir d'un canapé dans lequel le connard et d'autres types étaient vautrés, se repassant un joint, l'air de dire des choses essentielles d'un ton badin. Il y avait un piano, un demi-queue noir et j'ai vu que c'était un Steinway and Sons. Une seule fois dans ma vie j'avais eu l'occasion de jouer sur un si bel instrument, lors d'un concours pour France Musique, à la Maison de la Radio à Paris. Je m'en suis approché et j'ai entendu Églantine me dire :

– Tu nous joues quelque chose ?

Mon cœur a fait un double salto arrière. Églantine a regardé les autres et leur a dit que je faisais le conservatoire. Ça a fait sourire le connard comme s'il venait d'apprendre que je collectionnais les timbres ou faisait du point de croix. J'ai fait non de la tête mais sans en tenir compte, Églantine a demandé à Joachim si on pouvait baisser la musique et il s'est précipité pour le faire. Dix secondes plus tard le silence s'est imposé et tout le monde se rapatriait autour du piano.

Pris au piège. J'aurais donné n'importe quoi pour être ailleurs, être pris d'un malaise qui me fasse perdre connaissance, pour que déferle un tsunami ou que se déclenche l'invasion de la Terre (ou du moins du département d'Ille-et-Vilaine) par des extraterrestres assoiffés de sang.

Le cœur affolé, les idées en vrac, je me demandais, voyant que je ne pourrais pas me défiler, ce que j'allais bien pouvoir jouer. Pas Chopin, l'auditoire était trop jeune. Est-ce que Satie pourrait faire la farce ? J'ai regardé le piano et me suis souvenu de ce que j'avais interprété à ce concours à Paris, sur un Steinway identique. *Rêverie*, de Debussy. J'avais adoré ce morceau qui m'avait valu la première place au concours. C'était simple, avec une mélodie pure et poignante. Et puis Debussy n'était-il pas lié à cette région, lui qui était censé avoir composé, ou tout du moins interprété, *La Mer* sur l'orgue de l'église de Saint-Énogat ?

Je me suis assis sur le tabouret comme on monte sur l'échafaud, et j'en ai réglé la hauteur. Églantine est venue s'accouder au piano, d'autres l'ont imitée. Mon cœur menaçait de sauter de ma poitrine pour tomber, palpitant et sanguinolent, sur le clavier. Je détestais jouer sur un piano que je n'avais pas eu le temps d'essayer, sans savoir s'il était dur ou mou, sec ou moelleux. C'était l'un des handicaps des pianistes que de ne pouvoir se déplacer avec leur propre instrument. Il m'était arrivé d'être complètement déstabilisé par un toucher particulier qui me faisait perdre tous mes points de repère mentaux. J'ai testé les pédales qui étaient assez dures, puis je me suis lancé de la main gauche après une longue expiration.

Si bémol do ré sol, ré do si bémol, do ré sol, ré do si bémol... J'avais onze ans pour ce concours, mais je n'avais jamais perdu ce morceau, je le savais encore par cœur et le rejouais parfois pour le plaisir.

J'ai tenté d'oublier le contexte, où j'étais, de faire le vide pour que la musique efface le décor, les volumes, le temps, les auditeurs. Finalement, le toucher du piano était agréable, facile, confortable, accueillant. Je regrettais de ne pas avoir pris le temps d'ouvrir la queue de l'instrument pour que le son soit plus ample. Plus en confiance après quelques lignes, j'ai cherché le regard d'Églantine. Je l'ai trouvé. Je me sentais amoureux, emporté.

Après un moment, j'ai perçu quelques mouvements, des va-et-vient. L'attention de mon auditoire commençait à s'évaporer au bout de deux minutes trente du morceau. J'en arrivais pourtant au passage le plus lumineux. Mais la pièce se vidait, on recommençait à discuter. J'ai fermé les yeux pour ne pas me laisser distraire. Je jouais bien. Avant que je n'aie terminé, j'ai entendu qu'on avait remis la sono. J'ai poursuivi jusqu'au bout, par respect pour l'œuvre et son compositeur, jusqu'au dernier accord suspendu comme une interrogation, une promesse étonnée et naïve. Quand toutes les harmoniques se sont éteintes, j'ai rouvert les yeux pour découvrir que j'étais seul dans le salon.

Debussy ne faisait pas recette. Ou alors c'était moi.

J'ai refermé le couvercle du clavier. J'avais la gorge serrée.

Un groupe est entré bruyamment dans la pièce. Le connard en faisait partie. Je me suis levé du tabouret et il s'y est assis. Il a commencé à jouer une chanson à la mode, un truc américain sirupeux que même moi j'avais déjà entendu. J'ai regardé ses mains et j'ai vu qu'il savait à peine jouer, qu'il n'avait aucune technique, que ses doigts étaient cassés. Il répétait lourdement les quelques pauvres accords du tube. Se dandinant, il plaquait des septièmes diminuées comme s'il venait de découvrir la fusion de l'atome. Il s'est mis à chanter en anglais des paroles à pleurer de niaiserie. Les autres arrivaient par grappes, des filles se sont mises à chanter avec lui, d'autres à taper dans leurs mains. Il faisait un tabac. Debussy devait se retourner dans sa tombe.

Je suis sorti, j'ai quitté la maison en douce.

La nuit était tout à fait tombée. J'ai croisé un vieux qui promenait son chien. Je n'avais pas envie de rentrer, pas tout de suite. J'ai marché jusqu'à Port-Riou, une promenade que nous faisions souvent le soir avec mes parents et Alix, pour regarder le coucher de soleil sur la mer, par-dessus la plage de Saint-Énogat. C'est là qu'il faut venir guetter le rayon vert, cet éclat couleur émeraude qui, dit-on, brille parfois à l'horizon au moment où le disque du soleil disparaît et qui porte bonheur à ceux qui le voient. Je ne l'avais jamais vu, mon père et ma mère non plus. Ni ma grand-mère. Alix disait qu'elle l'avait vu mais je n'avais pas voulu la croire car j'étais avec elle ce soir-là quand elle s'était écriée : « Je l'ai vu ! » On s'était disputés, je l'avais traitée de menteuse, furieux et jaloux par l'éventualité d'être passé si près de cet instant de magie si rare.

Je me suis assis sur le banc habituel. Pas de chasse au rayon vert puisqu'il faisait déjà nuit. J'ai sorti mon portable.

LE RAYON VERT

– Je me sens seul, j'ai envoyé à ma sœur.

Pas de réponse, mes mots étaient tombés dans un vide qui ne faisait qu'en souligner le sens. J'ai ajouté :

– Tu me manques.

Puis :

– Maman me manque aussi.

Je me sentais triste et j'ai frissonné.

– Je te crois, tu sais ?

J'ai enfin reçu une réponse.

– Qu'est-ce que tu crois ? m'a demandé Alix.

– Que tu l'as vu, le rayon vert.

– C'est une vieille histoire.

– J'y repense souvent. À ça et à d'autres disputes. Mais je te crois, maintenant.

– Oui, je l'ai vu. C'est pas grand-chose, en fait, juste un bref éclat, d'un beau vert. C'est ce qu'on met dedans qui compte. J'aurais voulu que tu le voies aussi ce soir-là, que tu ressentes la même émotion que moi, le même émerveillement. Mais ç'a été si rapide...

— On dit que ça porte bonheur mais c'est que des conneries.

La réponse s'est faite attendre, puis :

— Ça n'existe pas, les porte-bonheur. Parce que le bonheur, c'est en soi qu'on le porte.

Je n'étais pas sûr de bien comprendre cette phrase mais elle me plaisait. J'ai pensé à Églantine. J'aurais voulu qu'elle soit assise à côté de moi, à regarder les feux clignotants des balises et des phares sur la mer. Je les aurais nommés pour elle l'un après l'autre, comme on désigne les étoiles dans le ciel.

Alix m'a demandé si j'étais amoureux. J'ai répondu que je n'en savais rien étant donné que je n'avais encore jamais été amoureux de ma vie. Alors elle m'a dit que je ne l'étais pas, sans quoi je le saurais sans la moindre hésitation.

J'avais froid. J'ai quitté le banc et tourné à regret le dos à la mer qui s'en foutait, elle, du bonheur, de la solitude et de l'amour, qui continuait sa danse, son flux, son reflux, et qui le poursuivrait bien après que je serai mort, bien après que l'humanité se sera éteinte. Et il y en aurait des millions et des millions de rayons verts à l'horizon, avec ou sans témoins. La beauté n'a pas besoin qu'on la voie pour exister.

DERRIÈRE LA FENÊTRE

J'ai revu Églantine le surlendemain. Elle m'a dit que j'étais parti tôt de la soirée et j'ai menti en disant que j'étais fatigué mais que j'avais passé un bon moment. Je m'en suis voulu aussitôt de ne pas avoir le courage de lui dire que j'avais trouvé ses amis imbuvables, prétentieux et cons.

Nous avons nagé ensemble. Les marées commençaient à devenir plus fortes, la mer à descendre bien au-delà des bouées jaunes de la zone de baignade. Les bancs de sable apparaissaient au large et nous avons nagé jusqu'à celui que l'on appelle Les Pourceaux, duquel on se sent proche de Saint-Malo à toucher ses remparts. On s'est assis sur le sable, avec la sensation d'être sur une île déserte.

– C'était joli ce que tu as joué l'autre soir. C'était quoi ?
– Du Debussy.

Elle a fait « Ah, oui ! » mais j'ai compris qu'elle n'avait jamais entendu parler de ce compositeur.

La courte conversation est retombée. Églantine a laissé sa tête partir en arrière et a fermé les yeux. Elle était appuyée sur ses coudes, sur le dos, s'offrant au soleil et à ma vue, le buste cambré, seins épanouis, ventre creux, jambes fines et bronzées légèrement repliées, pieds reposant sur les talons, tendus vers l'avant comme pour faire des pointes à la danse. J'ai senti monter mon désir de la toucher, de l'embrasser, de la caresser, de la serrer contre moi.

Quelques minutes plus tard, l'eau froide de la Manche a calmé mes ardeurs. Nous avons regagné la plage, à contre-courant, puis nous avons marché sur le sable humide qui ondulait par vagues qui me massaient la plante des pieds, des dunes miniatures qu'enfant je transformais en désert survolé en hélicoptère, les algues éparses devenant des oasis. Marcher près de cette jolie fille en maillot de bain sur cette plage ressemblait de très près à l'idée que je me faisais du bonheur. Un bonheur libre, loin du lycée, de mon quotidien et de ses contraintes.

Avec mes grands-parents, les conversations n'étaient pas faciles parce que nous devions déployer de véritables efforts pour ne pas parler de ma mère, qui était un sujet trop douloureux. Nous avions de longues minutes de silence, ce qui ne me déplaisait pas, ou bien, comme quand j'étais petit, je leur demandais de me raconter des souvenirs de leur enfance, de ce monde vieux d'une soixantaine d'années et qui semblait une autre planète.

Il n'y avait pas la télé dans la maison de Dinard, une décision unilatérale de ma grand-mère qui estimait que tout le monde la regardait beaucoup trop. Pour la première fois cette année, ça ne me manquait pas. Je lisais un peu, j'écoutais de la musique sur mon iPod, je passais aussi de longs moments à ne rien faire, même pas sûr de penser à quelque chose de précis. De temps en temps, je jouais un morceau au piano pour mes grands-parents, et j'y prenais plaisir. Dans un tiroir d'une commode, il y avait un tas de vieilles partitions jaunies par le temps, sentant la poussière, certaines aux pages devenues friables. Elles avaient appartenu à mes arrière-grands-parents et j'aimais les déchiffrer, découvrir des compositeurs qui m'étaient encore inconnus, tel Enrique Granados, dont j'avais déniché les *Douze danses espagnoles*. Ce soir-là, j'ai joué la deuxième, « l'Orientale », aux tonalités nostalgiques, agréablement tristes, qui ont rapporté par wagons des images d'enfance à ma grand-mère qui n'avait plus entendu cette musique depuis son enfance, l'avait oubliée, et se souvint soudain que son père aimait la jouer.

Avant de me coucher, j'ai regardé le jardin des voisins par la fenêtre de ma chambre. La pelouse, le gros tilleul près de la terrasse et la petite fenêtre au-dessus de la porte vitrée. Sa vitre était dépolie et j'en avais conclu qu'il devait s'agir de celle de la salle de bains. La nuit n'était plus loin, les goélands criaient haut dans le ciel et la fraîcheur se posait lentement. Soudain, la lumière s'est allumée derrière la vitre. J'ai vu une silhouette s'y dessiner, la forme d'un corps. Je me suis reculé sans quitter des yeux la lucarne, devinant plus que voyant ce qui se passait à l'intérieur. La silhouette se déshabillait, les bras passant au-dessus de la tête. C'était une forme floue, mouvante, et si je ne pouvais distinguer aucun détail, je voyais les contours, les épaules, les hanches... Je retenais ma respiration, repensant à Églantine quelques heures plus tôt, étendue sur le banc de sable à mes côtés. Elle allait prendre une douche et a disparu du cadre de la fenêtre un moment. Je n'ai pas bougé. Enfin elle est revenue et, aux mouvements troubles et flous, j'ai deviné une serviette qui passait sur les cheveux, dans le dos, sous les bras, sur le ventre, entre les jambes... Ma respiration était de plus en plus courte, mon sexe tendu à se décrocher quand tout à coup la fenêtre s'est ouverte. Ce n'était pas Églantine dans la salle de bains, mais son beau-père. J'en ai eu un haut-le-cœur et ai fait un bond en arrière.

Allongé dans mon lit, j'ai mis du temps ensuite à retrouver mon calme. Au moment où j'allais l'éteindre, mon portable a vibré.

LA VOIX DE MON PÈRE

C'était mon père. Chaque fois que je l'avais au téléphone, j'entendais à sa voix qu'il allait mieux. Il m'assurait qu'il mangeait bien, trop, même, Adelia lui apportant régulièrement des petits plats et des éclairs au chocolat, qu'il sortait tous les jours, qu'il allait marcher dans le parc du château et qu'il s'était remis à dessiner.

J'avais surpris le matin une conversation amère entre bonne-maman et bon-papa à propos de la banque où mon père n'avait toujours pas remis les pieds. Je lui ai demandé où il en était pour le travail et il ne m'a pas répondu, changeant aussitôt de conversation pour me parler de mamie à qui il avait rendu visite. Sa voix était différente, plus grave, son débit plus lent, aussi. En entendant parler de mamie, j'ai eu aussitôt le ventre noué. Je me sentais coupable du secret que j'avais volé à ma grand-mère et surtout à mon père et me demandais toujours si je devais, ou non, lui révéler la vérité sur sa naissance. J'ai bien failli le faire au téléphone ce jour-là, pour me soulager de ce poids, mais mon père ne m'en a pas laissé le temps, me disant qu'il avait trouvé mamie fatiguée, et plus confuse encore que d'habitude. Il avait besoin de parler et je l'ai écouté me dire que ça faisait drôle de voir sa mère devenue une si vieille femme qu'il n'avait plus l'impression d'être son enfant.

– C'est comme si ce n'était plus la même femme. C'était ma mère, comme toujours au-dessus de moi, une autorité qui prenait des décisions, qui me protégeait, dont l'avis comptait ou m'agaçait, et puis là elle s'est rabougrie, elle ne décide plus rien, c'est moi qui ai pris la direction de sa vie, qui ai dû décider de la mettre dans cette maison de retraite. Moi qui parle aux infirmières. Moi aussi qui, parfois, m'adresse à elle comme à une enfant, la grondant quand elle ne mange rien, quand elle est méchante avec les aides-soignantes ou qu'elle se dispute avec les autres pensionnaires.

Il a marqué une pause et puis m'a dit, parlant lentement, comme s'il luttait contre le sommeil, une phrase que j'ai trouvée étrange :

– Pierre, quand je serai vieux, vraiment vieux, et que tu seras un homme, un père peut-être, avec des responsabilités, des soucis, une vie à toi dont je ne saurai rien, n'oublie pas qui j'ai été. N'oublie pas, même si je n'ai plus toute ma tête, même si j'ai rapetissé, que je suis tout tassé et que je pue le vieux, n'oublie pas que j'ai été ton père, que j'ai mené ma vie, essayé de guider le début de la tienne. Que j'ai été un homme.

Je n'ai pas su quoi répondre et ce n'est que plus tard que j'ai compris qu'il avait bu et qu'il était sans doute ému, remué par sa visite à mamie. Ce n'était pas agréable de m'imaginer à l'âge de mon père et lui à celui de ma grand-mère.

Le silence vibrait quand j'ai raccroché. La nuit s'était glissée tout entière dans la chambre. J'ai repensé aux confessions de mamie, à ce que j'avais appris de sa jeunesse, de sa passion, de sa folie amoureuse. Il n'était pas facile de faire entrer tout cela dans la petite femme qu'elle était devenue, dans sa vie rétrécie, dans la chambre 103. De voir une femme en elle, et pas seulement une vieille femme. J'ai pensé ensuite à mon père à Versailles, à ma mère je ne savais où, à ma sœur Alix. J'ai eu envie d'envoyer un SMS à Églantine, pour lui dire bonsoir, lui souhaiter bonne nuit, lui signifier que je pensais à elle. Mais bien sûr, je ne l'ai pas fait.

Je me suis dit que ça faisait longtemps que mon père n'avait plus fait la moindre allusion à ma mère. Avait-il cessé de l'attendre ? D'espérer son retour ? Allions-nous oublier ? Vivre avec, ou plutôt sans ?

Est-ce que tout passe avec le temps ? j'ai envoyé à ma sœur.

TU VAS BIEN NOUS JOUER QUELQUE CHOSE ?

Ma tante Marie-Bertille est arrivée pour le week-end du 14 Juillet.

À Dinard, le feu d'artifice est tiré de la plage et attire une foule nombreuse venue de toute la région. Il tombe rarement le jour de la fête nationale car il dépend de la marée. Il faut que la mer soit suffisamment basse pour que la plage soit dégagée. Cette année-là, il devait avoir lieu quelques jours plus tard.

Ma tante, comme ma mère, était très attachée à Dinard où elle avait passé toutes les vacances de son enfance. Euphorique le jour de son arrivée, elle a tenu à nous payer une glace, histoire de bien s'imprégner de l'ambiance balnéaire. Même au bord de la mer elle portait ses longues jupes bleu marine et ses chemisiers ras du cou, donnant plus l'impression d'aller à confesse qu'à la plage. Sa seule fantaisie était de ne pas porter de collant et d'être pieds nus dans ses chaussures plates. Elle a pris deux boules, chocolat-pistache, et m'a dit que les parfums préférés de ma mère quand elle était petite étaient fraise et vanille. Moi, j'aimais changer et cette fois-là, j'ai commandé caramel-beurre salé-chocolat. Mes grands-parents n'ont voulu qu'une boule chacun, et j'ai souri en regardant bonne-maman croquer dans sa glace plutôt que de la lécher. Bertille m'a glissé à l'oreille qu'elle avait toujours fait ça, trouvant sans doute inconvenant pour une femme de sortir sa langue en public.

Nous avons marché tous les quatre sur la digue, côté pointe du Moulinet, vers Saint-Malo. Le temps était comme je l'aime, du soleil et du vent, la mer assez forte sans être démontée, d'un profond vert émeraude, des moutons d'écume à perte de vue.

Je marchais en avant avec Bertille qui s'est lancée dans une longue liste de souvenirs de vacances avec ma sœur et mon oncle. Bonne-maman et bon-papa avaient été des parents très stricts, guindés, pleins de certitudes sur ce qui était bon et dangereux pour les enfants.

– C'était pas marrant-marrant, m'a-t-elle dit. Et celle de nous trois qui en a le plus souffert, c'est ta mère. Quand elle était petite, elle ne tenait pas en place. Un vrai garçon manqué. Elle avait besoin de bouger et de s'exprimer. C'était un affrontement permanent entre elle et ta grand-mère.

– Et toi ? j'ai demandé.

– Moi ? J'étais docile. Enfin plutôt trouillarde. Alors je filais doux... jusqu'à un certain point.

J'ai attendu, pensant qu'elle allait me parler de ce « certain point », mais elle est revenue au sujet de ma mère.

– À l'adolescence, ça a pris des proportions vraiment pénibles. Tu connais les opinions de tes grands-parents, tu sais de quel côté ils votent...

– À droite.

– Rien que pour les contrer, ta mère a adopté toutes les idées de gauche qui passaient.

– Ma mère ? De gauche ?

– Une vraie passionaria ! Qu'est-ce qu'elle a pu nous bassiner ! Elle changeait de cause tous les quinze jours ! Ensuite, il y a eu les garçons.

– Elle avait beaucoup d'amoureux ?

– Elle était très jolie. Et puis les garçons, c'était comme la politique, un moyen de fuir les parents. Et à propos de fuite, elle a fait plusieurs fugues, aussi.

J'ai regardé ma tante, stupéfait. Nos regards se sont croisés et j'ai compris que ses pensées avaient suivi le même chemin que les miennes, des fugues de l'adolescence de ma mère à sa disparition du mois de janvier. La fuite. Toujours la fuite.

– Et comment ça finissait ? Les fugues, je veux dire ?

Ma tante a souri avec amertume.

– Elle finissait par rentrer. On n'a pas été éduquées pour l'aventure ni pour l'autonomie, ta mère et moi. Alors elle rentrait toujours. Et puis, elle a fini par s'assagir. Et elle a rencontré ton père.

Je me suis demandé ce qu'elle voulait dire. Est-ce que c'est en rencontrant mon père qu'elle s'était assagie ou parce qu'elle s'était assagie qu'elle l'avait rencontré ? J'avais senti comme du regret dans sa voix, de la déception que sa sœur ne soit pas restée la rebelle qu'elle était à l'adolescence.

– Et votre frère ? j'ai demandé ensuite. Comment il vivait tout ça, lui ?

– Zen. Il était le plus malin des trois : il filait doux, pour pas qu'on lui casse les pieds, et il est parti au bout du monde dès qu'il en a eu la possibilité.

Elle a souri en disant cela, pleine d'affection pour son cadet. D'admiration, aussi, je pense.

Saint-Malo était maintenant derrière nous qui descendions la promenade vers le Bec de la Vallée, le petit port de Dinard qui ne comptait plus qu'un seul bateau de pêche et servait surtout aux plaisanciers, aux jet-skis, à l'école de voile et aux pêcheurs du bord quand la marée le permettait, pour tenter d'attraper des dorades. Mes grands-parents étaient fatigués et ont voulu s'asseoir quelques instants sur un banc le long du quai. Un couple en occupait déjà un : les Faisandier. Imhotep avec d'énormes lunettes de soleil et une bonne couche de crème solaire, ça valait le coup d'œil.

On a échangé des politesses, parlé du temps, de la fréquentation de la station, du fait que cette fois, avec le week-end du 14 Juillet, le gros des touristes allait arriver.

Puis bonne-maman a invité les Faisandier à venir prendre le thé le lendemain, ce qu'ils se sont empressés d'accepter. J'entendais déjà la voix qui me dirait : « Tu vas bien nous jouer quelques chose ? »

L'AMOUR DU CHRIST

Le soir même, Bertille a eu envie de refaire la promenade traditionnelle du rayon vert, à Port-Riou. Mes grands-parents ont décliné, préférant se coucher tôt, et je suis sorti seul avec ma tante.

Nous avons d'abord marché en silence dans les rues calmes. Le soleil était déjà bas à l'horizon, apparaissant et disparaissant derrière les maisons, les arbres, au bout d'une ruelle. Le ciel n'était parcouru que de nuées éparses qui commençaient à prendre les teintes chaudes du crépuscule. Le vent était frais et nous avions dû enfiler un pull avant de sortir. J'ai compris ce soir-là ce que j'aimais chez ma tante. C'était qu'elle ne m'avait jamais traité comme un enfant, ni comme un adolescent. Jamais elle ne m'avait demandé comment allait l'école, si j'avais une amoureuse, ce que je voulais faire plus tard. Avec elle, je n'avais même pas l'impression d'être son neveu, mais moi-même, tout simplement. Un individu qu'elle prenait tel qu'il était. S'il était très difficile à quelqu'un qui ne la connaissait pas de lui donner un âge (sans même parler de ses tenues vestimentaires hors d'âge et de modes), c'était parce que le temps n'avait pas de prise sur elle car pas d'importance. Et du coup, il en allait de même pour l'âge des personnes qu'elle fréquentait. Elle s'en moquait et se comportait de la même façon avec tout le monde, ne cherchant à plaire à personne, ni professionnellement (elle avait peu de besoins et était bibliothécaire à mi-temps, consacrant le reste à sa paroisse), ni amicalement, ni amoureusement. Elle ne jouait pas à la vie comme nous tous, et cela faisait d'elle un être reposant. Et sans doute plus libre malgré ses airs coincés que bon nombre d'entre nous qui passons notre temps à vouloir démontrer aux autres combien nous le sommes.

Je me sentais bien en sa compagnie.

Arrivés dans le quartier de la pointe de la Malouine, là où les maisons se transforment en petits manoirs à l'architecture complexe, elle a soudain rompu le silence :

– Est-ce que tu crois que ton père a une maîtresse ?

Je l'ai regardée, surprise, sans doute l'air offusqué.

– Ben quoi, c'est pas un saint, non plus !

– Non, mais...

– Je te choque ?

– J'en sais rien, j'ai...

– J'imagine que si c'était le cas, toi, son fils, tu serais le dernier informé ! Mais je me suis posé la question. Pourquoi Marie-Dé est partie ? Pourquoi une femme s'en va, quitte son mari ?

– Et son fils.

– Oui. C'est encore autre chose. Mais bon, je me suis dit qu'elle avait peut-être découvert que ton père avait une liaison avec une autre femme ?

– Ça m'étonnerait.

– On ne peut pas savoir. On croit connaître les gens, et en fait, on ne sait rien d'eux.

C'était vrai. Ces derniers mois ne m'en avaient-ils pas apporté la preuve avec tout ce que j'avais découvert sur ma famille ?

Nous n'étions plus loin de Port-Riou quand Bertille a ajouté :

– Et puis l'amour peut faire faire n'importe quoi à n'importe qui.

Venant d'elle, cette phrase m'étonnait. Comme si elle avait lu dans mes pensées, elle a dit :

– Et je sais de quoi je parle.

J'ai senti, aussitôt, que j'étais bon pour une nouvelle série de confidences et de surprises. Un nœud s'est serré dans mon ventre. Serait-ce trop demander qu'une personne de ma famille, une seule, soit telle que je la connaissais, que je la voyais ? Au moins ma tante Bertille, si sage, si réservée, si discrète, avec sa tête d'image pieuse !...

Nous sommes arrivés au-dessus de la plage de Saint-Énogat et nous avons choisi l'un des bancs qui dominent la baie. Le soleil était encore au-dessus de l'horizon, la mer était basse et plus calme que dans l'après-midi. La vue était sereine, apaisante. L'air frais et salé. Ma tante s'est lancée :

– J'ai aimé un homme, tu sais. Passionnément.

Décidément, l'amour était une épidémie dans la famille.

– J'avais dix-sept ans. Lui trente-six. Tes grands-parents n'ont jamais été au courant, ni mon frère. Seulement ta mère.

J'ai fait un rapide calcul et cherché dans mon entourage qui je connaissais qui avait dix-neuf ans de plus que moi. Sans doute quelques mères de mes copains.

– C'était qui ? j'ai demandé.

– Un policier.

– Un flic ?

– Oui. Mais pas pour la circulation ! Un inspecteur de police, du SRPJ. On s'est rencontrés au lycée. Une histoire de vol, je ne sais plus trop. Il était venu faire son enquête, poser des questions. Je l'ai aimé au premier regard.

– Un coup de foudre ?

– Oui.

– Ça fait quoi ? j'ai demandé, curieux.

– Ça coupe le souffle. Comme une crise d'asthme. Soudain, ta poitrine n'est plus assez grande. Ton corps est trop petit. Tu débordes de partout. Il y a une vieille chanson à la noix qui s'appelle *La Maladie d'amour*. Ben, c'est vraiment ça. Il est reparti et j'étais malade. Malade de lui. Plus rien ne comptait. Nos regards s'étaient à peine croisés et je n'étais plus la même, plus moi-même.

– Et tu l'as revu ?

– Oui. Je me suis arrangée pour. J'ai traîné près du SRPJ, plusieurs jours de suite, après les cours. Et puis enfin il est sorti et il m'a vue. Il m'a reconnue tout de suite. Il m'a demandé ce que je faisais là. Je n'ai pas su répondre. Je transpirais, j'avais peur que mon cœur ne sorte de ma poitrine ou explose. Il n'avait pas l'air beaucoup plus à l'aise que moi. Plus tard, il m'a avoué qu'il avait ressenti la même chose que moi quand nos regards s'étaient croisés. En pire, parce que j'étais lycéenne, et lui bien plus vieux que moi. Moi je n'avais ressenti que de l'amour, lui de l'amour plus, immédiatement, de la culpabilité.

Le soleil touchait maintenant l'horizon, un peu déformé, s'aplatissant, orange vif. Je le guettais du coin de l'œil tout en écoutant ma tante qui s'est tue un moment. Nous avons regardé en silence le soleil disparaître. Il n'y a pas eu de rayon vert.

J'ai entendu des voix. J'ai reconnu aussitôt celle d'Églantine. Le connard et un autre copain étaient avec elle. Ma tante a dû sentir mon trouble car elle m'a regardé avec insistance.

Églantine m'a dit bonsoir, m'a fait la bise, le connard m'a ignoré.

– On a raté le coucher, a dit Églantine.

Les deux garçons étaient un peu à l'écart et gloussaient bêtement.

– Tu vas au feu d'artifice, mardi ?

– Heu...

– Tu veux qu'on y aille ensemble ?
– Ouais !
– Tu passes me prendre à 22 h 30 ?
– Ouais.

Elle m'a souri, a dit poliment bonsoir à Bertille et a rejoint ses amis.

Ma tante n'a fait aucun commentaire et je lui en ai été reconnaissant.

Elle s'est levée pour prendre le chemin du retour.

Au bout de cinq minutes, c'est moi qui ai repris la parole pour lui demander la suite de son histoire.

Elle a soupiré.

– L'histoire classique. J'ai été sa maîtresse pendant six ans.
– Six ans ?
– Oui, de dix-sept à vingt-trois ans.
– Mais au début, tu étais...
– Mineure ?

J'ai acquiescé.

– J'étais mineure, il avait dix-neuf ans de plus que moi, une femme et deux enfants. Mais on était amoureux.
– Et ?...
– Et ça a été merveilleux, et horrible. En même temps. Mais il m'a aimée, je le sais, même si je lui en ai voulu au-delà du raisonnable. Et lui aussi, il a souffert. Mais qu'est-ce que tu veux : policier, marié, deux enfants... C'était écrit d'avance ! Je le savais en plus, mais c'était plus fort que moi. Je ne pensais pas qu'on pouvait avoir si mal. J'ai

vraiment cru devenir folle. Je le serais devenue, d'ailleurs, s'il n'y avait pas eu Jésus. Il m'a sauvé la vie. La foi m'a sauvé la vie. Vraiment. Le suicide n'aurait pas été condamné par l'Église, je ne serais plus de ce monde depuis longtemps. J'ai renoncé à l'amour des hommes au profit de l'amour du Christ.

J'ai repensé à ce que j'avais entendu sur ma tante, parfois, dans son dos, qu'elle était une grenouille de bénitier.

Nous avons fait le reste du chemin en silence puis, au moment d'entrer dans la maison où tout était éteint, j'ai demandé à Bertille si ça ne lui manquait pas, l'amour des hommes.

– Ça fait bien trop mal. Et puis Jésus, lui, n'a jamais promis à personne qu'il quitterait sa femme.

QUI NE TENTE RIEN
N'A RIEN

Dans mon lit un peu plus tard, repensant au récit de mamie puis à celui de Bertille, je me disais que l'amour était une chose redoutable. Puis mes pensées ont fait un bond dans le jardin des voisins, sautant la haie qui le sépare du nôtre pour aller tournicoter autour de l'idée d'Églantine qui m'avait demandé de l'accompagner au feu d'artifice. Je ne la comprenais pas bien, parfois distante, parfois proche. Je ne ressentais rien pour elle d'aussi fort que ce que m'avait décrit ma grand-mère, mon père, ma tante, mais Églantine me troublait et c'était exaltant. J'avais envie d'être seul avec elle, de lui prendre la main, de goûter à ses lèvres, à sa peau. Bien qu'encore éveillé, je me suis mis à rêver que je l'embrassais sur la plage alors que le feu d'artifice illuminait le ciel, voilait les étoiles. Mais je savais, au fond de moi, que ça ne se passerait pas ainsi car je n'oserais rien tenter mardi soir. Je connaissais trop bien ma peur de l'échec, du refus. Ma peur d'être éconduit.

J'ai envoyé un mot à Alix. J'avais besoin de parler.

– Tu t'en remettras si elle te repousse ! m'a répondu ma sœur. T'as peur de quoi ? Qu'elle te cogne, qu'elle sorte un couteau ?

– Ben non.

– Au pire ça serait quoi, si t'essayais de l'embrasser ? Une gifle ? Même pas, j'y crois pas du tout. En plus, c'est elle qui t'a demandé de l'accompagner.

– Ça veut rien dire.

– Ben si, quand même ! Et puis de toute façon, c'est simple : si tu essayes, tu risques de la perdre et qu'il ne se passe rien entre vous. Si tu n'essayes pas, tu es sûr qu'il ne se passera rien. C'est un choix. Un choix de vie. Se laisser guider par ses peurs, ou non.

Ça paraissait simple, dit comme ça, évident, mais je savais que je verrais les choses différemment quand il s'agirait de passer à l'action.

– Tu ne vas pas lui sauter dessus, de toute façon. Je sais pas, commence par lui prendre la main. Si elle ne retire pas la sienne, tu peux passer au baiser. T'en as envie ?

– Ben oui.

– Bien. Il serait temps, remarque. À ton âge, ne pas encore avoir embrassé de fille !

– Fais pas chier.

– Qu'est-ce qui te retient, en fait ?

– Ben… Je vois pas pourquoi elle aurait envie de m'embrasser. Moi.

– Et pourquoi pas toi ? T'as pas la gale, t'es pas le plus laid des garçons (quoique !), t'as pas mauvaise haleine, t'as un QI presque acceptable... T'as bien envie d'elle, toi ?

– Mais c'est pas pareil, je suis... Enfin, je suis un garçon !

– Et alors ? Qu'est-ce que tu crois, que les filles n'ont pas de désirs ? Pas de fantasmes ? Les filles aussi elles ont envie d'être embrassées, caressées, de sentir une peau contre leur peau. De faire l'amour ! De jouir ! Les filles, comme les mecs, elles ont des désirs, des besoins ! Et ton Églantine, à mon avis, elle te kiffe ! Même qu'elle doit commencer à trouver que t'es un peu trop bien élevé, et que la galanterie, ça va deux minutes. Fais gaffe qu'elle ne se lasse pas, petit frère. Et n'oublie pas que « qui ne tente rien n'a rien ». Alors je vais te dire un truc. C'est quand, le feu d'artifice ?

– Mardi.

– OK. Mardi, je veux un compte rendu de la soirée, et dans les détails : dans quel sens elle tourne la langue et la couleur de sa culotte ! Et je te préviens que si tu reviens bredouille, pas la peine de me trouver des excuses bidons, ça sera terminé, je ne t'adresserai plus la parole. C'est bien compris ?

– Compris.

FÊTE NATIONALE

La nuit terminait de tomber, la foule convergeait vers la plage de l'Écluse. La police municipale empêchait les voitures de pénétrer dans le centre-ville et des coups de klaxon énervés résonnaient un peu partout. Les familles pressaient le pas, les enfants avaient peur de manquer le début du feu d'artifice, les parents portaient sur le bras les impers des petits, au cas où car le ciel s'était couvert. Une excitation unanime emplissait les rues. Nous marchions sans un mot, Églantine et moi. Je repensais aux mots d'Alix. Mon cœur battait trop fort.

Arrivés à proximité de la plage, la foule empêchait d'y accéder. Il ne restait que vingt minutes avant les premières fusées et j'ai pensé à un autre chemin. J'ai pris Églantine par la main pour l'entraîner le long du casino, puis à gauche après le palais des Congrès, rue Coppinger. Je marchais vite, la main tiède d'Églantine dans la mienne, sous prétexte de ne pas nous perdre. Après le balcon d'Émeraude, j'ai coupé par le chemin pentu qui mène derrière les cabines du bureau de location de planches à voile et de canoës. Sur la digue ensuite, nous sommes descendus sur la plage par la droite de la piscine extérieure. J'avais en tête un emplacement que j'espérais libre, un rocher plat, isolé sur le sable, sur lequel je posais souvent mes affaires quand je me baignais à marée basse. Des gamins profitaient de l'occasion pour jouer avec des pétards, des bateaux avaient jeté l'ancre face à la plage pour être aux premières loges. Nous entendions la foule bruisser au loin, en haut de la plage et tout autour sur la digue. Il était excitant de marcher ainsi dans le noir sur le sable sans parler, à la fois seuls et dans la multitude. Nous ne risquions plus de nous perdre mais je n'avais pas lâché Églantine qui n'avait rien fait pour se libérer.

Le rocher plat était libre. Nous étions vingt mètres devant tout le monde, sur le côté des artificiers qui s'activaient pour les derniers réglages. Le rocher était humide et j'y ai posé ma veste pour qu'Églantine n'ait pas froid en s'asseyant.

Nous étions un peu essoufflés et une voix d'homme au micro a souhaité la bienvenue à tout le monde. Puis il y a eu un décompte, repris par la foule, et à 0, la première fusée s'est élevée dans le ciel.

Nous étions si près que le vacarme nous soulevait le cœur. Le vent ramenait vers nous la fumée et des retombées incandescentes. Une pluie de lucioles volait gracieusement jusqu'à nos pieds. C'était magnifique, magique. Une fusée est montée encore plus haut dans le ciel, en silence, loin, toujours plus loin. Elle a explosé si fort, embrasant la moitié du ciel dans un vacarme si sourd qu'Églantine a sursauté. J'en ai profité pour passer un bras autour de ses épaules. Elle a ri nerveusement. Je crois qu'elle avait un peu peur, qu'elle nous trouvait trop près des pétards qui explosaient à notre aplomb. Nous ne regardions pas le feu d'artifice, nous étions en lui. Églantine tremblait légèrement. Je l'ai serrée plus fort, regardant son visage et ses yeux dans lesquels se reflétaient les arcs de lumière. J'avais chaud, je sentais en moi un élan que je peinais à retenir, l'envie de l'enlacer, de l'embrasser, de ne plus faire qu'un avec elle.

Les jeux de couleurs allaient crescendo, toujours plus haut, toujours plus fort. De la musique les accompagnait, et malgré mon trouble j'avais reconnu la *Symphonie du nouveau monde* d'Anton Dvořák. Depuis que j'étais petit, à chaque nouvelle série de fusées, je me disais que c'était le bouquet final pour avoir la bonne surprise de constater que le spectacle continuait encore. J'avais beau, d'année en année, me redire que ce n'était plus de mon âge, une fois le feu d'artifice commencé, je retrouvais la même excitation, le même émerveillement. Cette fois-là, bien sûr, était différente car l'enjeu n'était plus le même. Églantine était dans mes bras, je sentais sa chaleur contre mon flanc, son cœur qui battait contre ma main gauche qui retombait tout près de son sein.

Le bouquet a commencé pour de bon. Cette fois, aucun doute possible. C'était un déferlement de pétards, de fusées, de sifflements, d'explosions, de gerbes de lumières, de feux tournants, de corolles de toutes teintes dans le firmament. Ma respiration était courte, au rythme de celle d'Églantine que j'ai sentie se blottir un peu plus encore dans mes bras. Elle regardait vers le ciel avec des yeux d'enfant. Nos regards se sont croisés. Une onde irrésistible est montée en moi. J'ai baissé mon visage et posé mes lèvres sur les siennes. Une vague ardente de bien-être a déferlé dans mes veines. Je ne bougeais pas. Je ne voulais pas bouger. Plus jamais bouger. Que le temps s'immobilise, que la vie se résume à cet instant qui était l'apogée de mes quinze années d'existence.

Le ciel s'est embrasé furieusement, un incendie de nuages. Puis ce fut le silence, et aussitôt les applaudissements et les sifflets de joie de la foule. Églantine et moi n'avions pas bougé, lèvres soudées. J'ai alors senti sa langue dans ma bouche, douce et fraîche, et je crois avoir gémi de bonheur.

Églantine a vibré. Enfin, son portable. Elle s'est écartée, l'a sorti de sa poche. Elle a répondu à un SMS. M'a souri. Elle est redescendue sur le sable, s'est étirée, un peu engourdie. J'ai enfilé ma veste et j'ai repris sa main dans la mienne.

Je ne savais pas quoi dire. Je n'avais qu'une envie, goûter encore à sa bouche, à sa langue, respirer à son souffle.

Le connard est arrivé avec deux copains. J'ai vu son regard descendre aussitôt vers ma main dans celle d'Églantine. Elle a dû le voir aussi car j'ai senti ses doigts s'échapper des miens sans que je puisse les en empêcher. En un tournemain, je me suis retrouvé isolé avec le connard qui s'est planté devant moi et m'a demandé à quoi je jouais.

– Je ne joue pas, j'ai répondu.
– Je t'ai assez vu !
– Personne t'oblige à me regarder.
– Je crois que tu ne comprends pas bien, là.

Il m'a bousculé, m'a poussé en arrière. J'ai senti une boule brûlante se former dans mon ventre. J'ai regardé du côté d'Églantine qui nous observait sans rien dire. Dans la pénombre, j'ai vu son regard briller. Les deux autres garçons avaient un petit sourire narquois.

Voilà. Le jeu commençait. Le cirque. Les coqs qui avaient envie d'en découdre, de savoir celui qui pissait le plus loin. Je détestais l'agressivité des autres garçons et m'étais toujours arrangé pour ne pas avoir à prendre part à la moindre bagarre. Pas par peur, mais par dégoût. Je trouvais ça minable. Indigne. Et j'étais là, au milieu de la nuit, sur la plage, *ma* plage, face à un type que je détestais et qui bombait le torse, qui serrait déjà les poings.

– Me touche pas, je lui ai dit. Me touche plus jamais.
– Ou quoi ? il m'a lancé en avançant le menton, provocateur.

Et il m'a poussé une nouvelle fois. La dernière.

Je lui ai pété sa gueule. Il n'a pas eu le temps de comprendre. Je m'étais toujours demandé à quoi pourraient bien me servir toutes ces années de karaté, et je venais de trouver la réponse.

Le connard était sur ses fesses dans le sable humide, le nez en sang, stupéfait, le souffle coupé, les larmes lui venant aux yeux. Ses copains s'étaient figés. J'ai regardé Églantine et je n'ai pas aimé ce que j'ai vu dans ses yeux. J'ai compris que la situation lui plaisait, que deux garçons se battent pour elle l'excitait.

Je suis parti, filant droit vers la digue où la foule se dispersait déjà. Églantine m'a rattrapé en courant.

– Attends-moi ! m'a-t-elle dit en glissant sa main dans la mienne.

J'avais gagné. J'étais devenu le chef de meute.

Mais je n'avais plus du tout envie de l'embrasser. Je la trouvais soudain moins belle, vulgaire, « ordinaire » comme aurait dit ma grand-mère.

J'ai dégagé ma main et je lui ai dit : « Fous-moi la paix ! »

SOUS LA PLUIE

J'ai poursuivi mes vacances en solitaire.

Je repensais souvent à cette soirée, à ce baiser échangé avec Églantine, à la fureur qui m'a pris quand le connard m'a poussé, et dont je me serais cru incapable. Je ressentais même parfois physiquement la sensation de cette onde de violence qui m'avait traversé et, serrant les poings, j'aurais voulu cogner encore.

Bien sûr, j'avais perdu l'occasion de passer le reste de ces vacances d'été à explorer le corps d'une fille, à échanger baisers, caresses et peut-être plus. Bien sûr, j'allais revenir à Versailles puceau. Mais un peu moins quand même qu'au départ. J'avais embrassé pour la première fois avec la langue (qui tournait dans le sens des aiguilles d'une montre, avais-je noté en me souvenant de la requête de ma sœur), j'avais, pour la première fois aussi, cassé la figure à un connard, et j'avais repoussé les avances d'une fille, ce qui était également une première. Ce n'était pas si mal, finalement.

Le 28 juillet, il a plu du matin au soir et j'ai fait, absolument seul sur la plage et dans la mer, ma baignade quotidienne, ce qui m'a procuré une délicieuse sensation de liberté et de force. J'aimais être dans l'eau salée alors que de l'eau douce tombait sur mon visage. La mer était d'huile et chaque goutte y creusait un cratère éphémère.

Alors que, quelques minutes plus tard, je terminais de me changer près du rocher où j'avais embrassé Églantine, mon téléphone a sonné. C'était mon père.

– C'est mamie, m'a-t-il dit d'une voix sourde. Elle... Elle ne s'est pas réveillée de sa sieste. Elle est morte dans son sommeil.

III

LE PÈRE DE MON PÈRE

J'ai été surpris et ému de voir Adelia à l'enterrement de mamie. C'était vraiment gentil de sa part, surtout qu'elle n'avait dû croiser ma grand-mère qu'une fois ou deux dans sa vie. Il y avait aussi Marie-Bertille, Alexandre, le meilleur ami de mon père que je n'avais pas vu depuis des mois, une ancienne voisine de mamie, du temps où elle habitait encore chez elle et la « veuve du général », notre voisine de la rue Neuve-Notre-Dame, qui n'aurait pas manqué une occasion pareille, un enterrement étant une source de distraction et de satisfaction non négligeable quand on a pas loin de quatre-vingt-dix ans et que chaque mort fait de vous une survivante.

J'ai regardé mon père tout au long de la cérémonie, curieux de savoir ce que ça faisait d'enterrer sa mère. Je peinais à déceler les marques de tristesse sur son visage. En vérité, il avait meilleure mine que depuis des mois, que depuis la disparition de maman. Il était rasé, semblait avoir un peu grossi (ce qui lui allait bien), avait changé de coupe de cheveux et d'eau de toilette et portait un costume que je ne lui avais jamais vu, plus moderne que tout ce qu'il portait auparavant.

Ce n'est qu'au cimetière, quand le cercueil est descendu dans la fosse, que j'ai vu des larmes monter à ses yeux. Je ne pouvais m'empêcher, sur le côté de la pierre tombale, de lire les lettres dorées qui indiquaient le nom et les dates de naissance et de mort de papy. Je ne pouvais m'empêcher non plus de me répéter que l'homme qui attendait sa femme dans ce trou depuis des années n'était pas mon vrai grand-père. Et où était Drago à cet instant précis ? En vie quelque part ? En Italie ? Mort depuis longtemps ? Avait-il repensé à mamie ne serait-ce qu'une fois dans sa vie ? Avait-il repensé à cet enfant qu'il avait fui ?

L'histoire de ma grand-mère se terminait aujourd'hui. Ses goûts, ses passions, ses secrets, ses peines, ses joies, ses manies, son parfum. Un instant et il n'y avait plus rien qu'un corps inanimé de l'être humain qu'elle avait été. Plus qu'un souvenir pour une poignée de personnes, qui allait s'estomper avec les années avant de disparaître.

J'étais noué, de tristesse, bien sûr, mais aussi de ne savoir quoi faire. Dire ou taire le secret de mamie ? Révéler à mon père ce que j'avais appris en me faisant passer pour lui ? Est-ce que ce serait un choc ? Ne vivrait-il pas mieux en ignorant que celui qu'il avait toujours pris pour son père ne l'était pas ?

Nous nous sommes retrouvés à la maison une fois la cérémonie terminée. Seule la veuve du général était rentrée chez elle. Adelia avait préparé un buffet froid que nous avons mangé dans la cuisine, presque joyeusement, comme si nous avions besoin de parler fort et de rire pour oublier que c'était la mort qui nous avait réunis.

Adelia a été la dernière à partir et mon père l'a raccompagnée à la porte. De la cuisine, je les ai entendus parler un moment sans comprendre leurs paroles. Puis mon père m'a rejoint, le regard brillant.

L'appartement paraissait si vide sans maman, sans Alix et avec la sensation de la disparition de mamie. Sans femmes, l'existence semblait étriquée, terne, famélique.

– Il faut que je te parle, a dit mon père.

– Moi aussi, j'ai répondu, soudain décidé à lui révéler la vérité sur sa naissance, ne supportant plus le poids de ce secret.

– Vas-y.

– Non, toi d'abord.

Mon père s'est assis en face de moi.

– C'est à propos de ton grand-père.

J'ai froncé les sourcils et là, mon père m'a raconté mot pour mot ce que j'étais sur le point de lui révéler. Il connaissait l'histoire de Drago, savait depuis des années que papy n'était pas son géniteur et m'a dit d'un air amusé que mamie, depuis qu'elle perdait la tête, lui avait dit la vérité une bonne dizaine de fois en oubliant toujours qu'elle l'avait déjà fait.

J'ai joué celui qui tombait des nues, mimant la surprise à la façon outrancière des acteurs du cinéma muet.

– Comment ? Ton père n'est pas ton père !

– Ce qui est important, Pierre, m'a répondu mon père très posément, c'est que tu comprennes que ça ne change rien pour toi. Ton grand-père reste ton grand-père, même si tu l'as à peine connu.

J'ai fait oui de la tête, à la fois soulagé et déçu par la disparition de ce secret qui me pesait mais, en même temps, je ne le comprenais que maintenant, m'excitait.

Nous sommes restés silencieux quelques instants, puis mon père m'a lancé :

– À toi maintenant, qu'est-ce que tu voulais me dire ?

– Moi ? Heu... Je sais plus.

– Tu sais plus ?

– Ben non. C'est dingue, j'ai oublié !

Il m'a souri.

– Ça ne devait pas être bien grave, alors.

– Non. Sûrement pas.

Je me suis levé pour débarrasser la table. J'avais besoin de bouger pour tromper une subite envie de pleurer que je comprenais mal. Mais une question me tournait dans la tête, que j'ai finalement posée, la voix mal assurée :

– Papa ?

Il m'a regardé.

– Ça te fait quoi de ne pas connaître ton père ?

Il a pris le temps de trouver ses mots.

– Je le connais. C'est ton grand-père Édouard. Il a toujours été là. C'est lui qui a consolé mes cauchemars quand j'étais petit, qui m'a aidé à faire mes devoirs, qui m'a appris à faire mes lacets, à monter à vélo, qui m'a supporté quand j'étais adolescent, qui a bossé toute sa vie pour je ne manque de rien. C'est lui mon père, pas celui qui s'est contenté de coucher avec ma mère.

DELI

Je n'ai pas voulu repartir à Dinard malgré l'insistance de mon père.

– Il reste un mois de vacances ! me disait-il. Qu'est-ce que tu vas faire ici ? Tu serais bien mieux à profiter de l'air de la mer...

À croire qu'il voulait se débarrasser de moi.

J'ai tenu bon. Je me voyais mal passer encore des semaines seul avec mes grands-parents et quelque chose m'attirait dans le calme qui régnait sur Versailles déserté par les Versaillais, laissé aux mains des cars de touristes qui venaient visiter le château, dans la circulation automobile très faible, les squares vides d'enfants, les boutiques fermées... J'avais l'impression de découvrir une face cachée et intime de ma ville, de la regarder par le trou de la serrure pour en découvrir des charmes qui m'avaient été interdits jusque-là.

J'allais à la piscine tous les jours, le matin, à l'ouverture, y étant pratiquement seul, me dépêchant dans les vestiaires pour tenter d'être le premier à briser le fil immobile et lisse de l'eau. Je faisais aussi de grandes marches dans les coins les plus reculés du parc du château et j'ai repris pour le piano le même rythme de travail que pendant l'année scolaire, soit deux à trois heures quotidiennes. Je pensais parfois à Dinard, à la plage bondée de monde, au bruit de fond de la mer, aux cris des mouettes, à celui des enfants quand une vague déferlait sur le sable. À Églantine qui devait se baigner chaque après-midi, à moins que les vacances de sa mère et de son beau-père ne soient terminées et qu'ils soient tous rentrés à Paris, ou alors qu'elle passe le mois d'août je ne sais où avec son père. Je ne regrettais rien de ce que j'avais et n'avais pas vécu avec elle, au contraire. Cette expérience m'avait changé. Si j'avais toujours beaucoup regardé les filles, je le faisais maintenant avec plus d'assurance, un désir plus précis, aussi. Une barrière était tombée, celle que j'avais élevée moi-même, la pensant infranchissable, entre elles et moi. J'avais goûté à Églantine et j'en voulais encore. Non plus d'elle, mais de toutes les autres. Et même si je pouvais à peine qualifier ce qui s'était passé d'amourette, je me sentais nettement moins hors jeu qu'avant l'été.

Mon père, lui non plus, n'était plus le même, bien plus léger et joyeux, même qu'avant la disparition de maman.
– Tu ne prends plus de médicaments ? je lui ai dit un soir.

– Non. Tu sais, c'est pas bon de s'habituer à ces machins-là, on peut vite devenir dépendant.

Désormais, il sortait tous les jours, disparaissait des après-midi entiers, était distrait, rêveur, gardait toujours son portable à la main. Je lui ai demandé où il en était pour le travail et il m'a dit qu'il avait quitté définitivement la banque de bon-papa.

– Et tu vas faire quoi ? lui ai-je demandé, un peu inquiet car à mon âge, cela revenait à dire : « On va vivre de quoi ? »

– J'ai un projet. Tu verras. Je t'en parlerai bientôt.

Un matin, de bonne heure, je l'ai surpris en train de faire des pompes dans sa chambre et, embarrassé, il m'a dit qu'il avait décidé de se maintenir en forme, qu'il s'était trop longtemps laissé aller.

Une nuit que je me suis réveillé dans une profonde et silencieuse obscurité, me rendant à la cuisine pour boire un verre d'eau, j'ai entendu s'ouvrir la porte d'entrée de l'appartement. J'ai refermé le frigo et retenu ma respiration. J'étais sur le point de me précipiter dans la chambre de mon père pour l'avertir qu'un voleur venait d'entrer quand j'ai entendu un sifflotement joyeux qui m'était familier. Sans bruit, je me suis avancé jusqu'au chambranle de la porte et j'ai vu papa, dans l'entrée, qui posait son trousseau de clés dans le vide-poche, enlevait sa veste et se dirigeait vers la salle de bains à pas de loup, sans doute pour ne pas me réveiller. J'ai discrètement rejoint ma chambre et j'ai regardé ma montre : 4 h 23. Qu'est-ce que mon père faisait dehors en pleine nuit ? D'où revenait-il en sifflotant ? Pourquoi ne m'avait-il pas dit qu'il sortait ce soir ?

Il a dormi jusqu'à midi et demi. J'avais préparé le déjeuner qu'il a mangé accompagné de son café. Ses traits étaient tirés, mais son regard joyeux.

Il a pris sa douche et à quatorze heures il quittait l'appartement. Je lui ai aussitôt emboîté le pas.

Je veillais à conserver une bonne vingtaine de mètres entre nous pour ne pas me faire repérer. Il a remonté la rue de la Paroisse et est entré sous les halles du marché pour en ressortir un bouquet de fleurs à la main. Il marchait vite, le nez en l'air sauf quand, comme à trois reprises, il sortait son portable de sa poche. Deux fois pour y avoir une courte conversation, une fois pour lire et écrire un SMS. Moi dans son sillage, il est remonté jusqu'à la mairie puis a pris la rue des États-Généraux. Après la gare des Chantiers, il a tourné sur sa gauche, rue Charles-Gravier-de-Vergenne puis à droite rue Édmé-Frémy. Là, il a composé un code à une porte et s'est engouffré dans un immeuble.

J'étais décidé à l'attendre pour en apprendre plus.

Une heure est passée. Puis deux. Je suis parvenu à entrer dans l'immeuble à la suite d'un vieil homme avec son chien et j'ai lu tous les noms sur les boîtes aux lettres pour voir si je connaissais quelqu'un. Sans succès. Je suis ressorti, frappé par la chaleur dans la rue après la pénombre de l'entrée de l'immeuble. Une heure est passée encore et je n'en pouvais plus d'ennui. Ma colère montait aussi, me doutant bien de ce que mon père était en train de faire, mais avec qui ? Pour qui avait-il apporté ce bouquet de fleurs et avec qui passait-il la journée enfermé là ?

Je ne pouvais m'empêcher de penser à ma mère. Où était-elle ? Avec qui ? Était-elle à cette heure précise dans les bras d'un homme alors que mon père, je n'en doutais plus, était dans ceux d'une femme ? Un instant, l'idée absurde que c'était elle qu'il venait de rejoindre en cachette m'a effleuré et m'a fait mal justement parce qu'elle était absurde. Et puis qu'étais-je en train de faire ? De quel droit étais-je en train d'espionner mon père ?

Je suis reparti, furieux après moi-même, après mon père, après ma mère.

Une fois de retour à la maison, je n'ai pu m'empêcher de fouiller la chambre de papa. Honteux mais déterminé.

J'ai fini par trouver sous le lit un soutien-gorge qui, par la générosité de ses bonnets et sa couleur vive, ne pouvait avoir appartenu à ma mère. Je l'ai porté à mon nez, l'ai humé, mais le reste de parfum que j'y ai décelé ne m'a mis sur aucune piste. En tout cas, je n'avais plus aucun doute sur ce qui expliquait le changement d'humeur paternelle depuis mon départ début juillet.

J'avais faim, et pas envie d'attendre mon père ni de lui préparer à dîner étant donné ce que je savais de son occupation de l'après-midi. Étais-je choqué ? Oui. Je n'avais, jusque-là, jamais eu à me préoccuper de la sexualité de mes parents et m'en étais très bien porté. Ce sujet ne faisait simplement pas partie du champ de mes idées. Mon père était mon père, ma mère était ma mère, et ce qu'ils faisaient ou ne faisaient pas ensemble ne me regardait pas, ne m'intéressait pas et, mieux, n'existait pas. Alors que penser, soudain, de ce qu'ils faisaient avec d'autres ?

Au mois d'août, la boulangerie d'Adelia était fermée et, n'ayant pas le courage d'aller plus loin pour me chercher à manger, je me suis fait cuire des pâtes que j'ai mangées avec une boîte de sardines à l'huile.

Mon père a fini par rentrer. Il n'avait pas faim, m'a dit que de toute façon il sortait ce soir, devant retrouver Alexandre. Je ne l'ai pas cru une seconde. Il avait bon dos, Alexandre, et sans doute les cheveux longs et des seins que ma découverte sous le lit de mon père me laissait deviner généreux.

Pendant que mon père a pris une douche, j'ai exploré son téléphone portable. Je n'en reviens toujours pas d'avoir osé faire ça mais pourtant je l'ai fait. Un vrai flic. Tous les appels émis et entrants étaient marqués du même numéro de portable auquel était attribué un nom que je ne connaissais pas : *Deli*. J'ai tendu l'oreille pour vérifier que l'eau coulait toujours sous la douche et ai ouvert la boîte de réception et d'émission de SMS. Encore cette Deli partout. Et une avalanche de mots d'amour – Tu me manques ; Je t'aime ; Tu es mon souffle ; J'ai encore rêvé de toi ; Mon amour –, de déclarations enflammées et une ribambelle de messages franchement érotiques.

J'étais outré. J'avais laissé début juillet, non sans m'en sentir coupable, un père sous calmants à cause du départ de sa femme et je retrouvais un homme en rut dont le téléphone portable aurait dû être classé X !

La douche s'est arrêtée. J'ai noté sur un bout de papier le numéro de cette Deli.

Une demi-heure plus tard, dès que mon père a mis un pied dehors, en bon espion que cette journée avait fait de moi, fouineur et père la morale comme pas deux, j'ai pris le combiné de la ligne fixe, qui est en numéro masqué, et j'ai composé les dix chiffres du portable de la maîtresse de mon père.

– Oui, allô ! j'ai entendu.

J'ai aussitôt raccroché, ayant reconnu la voix au premier mot.

ADELIA

– Qui ça ?
– Adelia, la boulangère.
Mathias était revenu de vacances la veille et nous nous étions retrouvés à la piscine.
– Tu la connais ? m'a-t-il demandé.
– Oui, depuis toujours. Toi aussi, t'es déjà venu avec moi dans son magasin.
Mathias a émis un bruit de pet avec sa bouche pour signifier qu'il n'en avait aucun souvenir.
– Mais si, tu sais, celle qui a des gros...
Je n'ai pas dit le mot, j'ai fait le geste. La mémoire est aussitôt revenue à mon ami.
– Et tu es sûr qu'ils... Que...
– Certain. Mon père fait des pompes le matin, il a changé de parfum, il ne quitte pas son portable des yeux (je préférais ne rien dire de ce que j'avais trouvé dans le téléphone), il achète des fleurs, il rentre à quatre heures du matin en sifflotant et il a l'air d'un parfait crétin.

– OK. Ben, t'es vraiment dans la merde, mon pote. Un père amoureux, y a rien de pire. Et je sais de quoi je parle.

Mon père ne m'a pas tout de suite parlé de sa liaison avec Adelia, mais a pris un chemin détourné en revenant sur la question de son projet professionnel.
– Pierre. À la rentrée, en septembre, je vais travailler dans la boulangerie au coin de la rue.
J'ai ouvert de grands yeux.
– Avec Adelia.
– Tu vas être boulanger, toi ?
– Je vais apprendre. Je vais aider à la vente, mais surtout, son beau-père va m'apprendre le métier. Il se fait vieux et il a envie de passer le relais d'ici quelques années.
– Tu veux dire que tu vas apprendre à faire du pain, des gâteaux, des croissants…
– Oui.
– À ton âge ?
– Quel rapport ?
– Ben je sais pas, c'est pas ton métier !
– Je n'ai pas de métier. Et j'en ai marre de ne rien produire. Depuis des années, je travaille sur du vide. Je ne produis rien par moi-même. Tu vois, te lever tôt le matin, et fabriquer quelque chose, du pain, des gâteaux, pour les autres… Gagner sa vie par son travail, mais concrètement. Recevoir de l'argent en échange d'une vraie chose que tu as faite toi-même. Pas un salaire à la con qui ne veut rien dire.

Je ne savais quoi en penser. J'étais stupéfait. J'essayais d'imaginer mon père dans cette boulangerie que je fréquentais depuis toujours et je n'y parvenais pas. Tous les gens que nous connaissions s'y rendaient, et... Et quoi ? Mes idées allaient trop vite pour que je parvienne à les saisir. Est-ce que j'estimais que boulanger, ce n'était pas assez bien pour « nous » ? Je n'avais jamais trouvé que ce n'était pas un bon métier. Je n'y avais jamais pensé, en vérité. Il y avait des boulangers et ça me semblait la plus naturelle des choses puisqu'il fallait bien acheter du pain. Rien à redire. Je trouvais même ça très bien. Mais soudain, ce métier prenait un jour nouveau avec l'idée de mon père derrière le comptoir, emballant des gâteaux, attrapant des baguettes, rendant la monnaie.

– Mes parents étaient commerçants, a ajouté mon père. J'ai vécu toute ma jeunesse au-dessus de la boutique. C'étaient des fleurs, pas du pain, mais c'est un monde que je connais bien.

Moi pas. J'avais toujours été du côté des clients.

– J'espère que j'y arriverai. J'en ai très envie. Je suis impatient de m'y mettre. Excité comme un gosse.

Un temps est passé. Puis j'ai dit :

– Et Adelia ?

Il a rougi.

– Quoi, Adelia ?

– Toi et Adelia.

Il a eu l'air étonné alors j'ai fait le malin :

– Parce que tu crois que je n'ai pas compris, peut-être ?

Du coup, ils ont cessé de se cacher, et ma vie est devenue un enfer.

Mathias avait raison sur les pères amoureux. Et les boulangères amoureuses, ça ne vaut pas mieux. J'en ai déduit que n'importe qui, en fait, qui est amoureux, devient infréquentable sauf pour l'objet de son amour.

Ils gloussaient, un sourire débile aux lèvres, des étoiles dans les yeux. Parfois, ils se laissaient aller à prendre une voix « bébé », ils riaient pour un rien, se tenaient la main dans la rue, s'appelait « mon amour », « ma chérie », « ma douce », « ma Déli », « mon Pat », « Patounet », « mon ange » et le pire : « mon cœur ». J'avais toujours détesté l'utilisation de ce mot pour parler de l'amour. Dans les chansons surtout. Un cœur, pour moi, c'était un organe vital, un truc dégueu, palpitant et sanguinolent. Jamais je n'avais entendu mon père appeler ma mère « mon cœur » et je trouvais ça très bien. Et puis soudain tout était beau à leurs yeux, tout le monde était gentil, ils s'émerveillaient d'un rien. Un bébé dans une poussette les attendrissait, un oiseau sur une branche, la lumière du soir, la lune dans le ciel, la nuit. Je détestais aussi comment ils s'adressaient à moi, comme s'ils me comprenaient mieux qu'avant, comme si l'amour qui les unissait, les rendait bons, tolérants, cool, en lien direct avec les autres et en particulier la jeunesse.

Adelia passait beaucoup de temps chez nous, faisait la cuisine, proposait que nous allions ensemble au cinéma.

Ils avaient certainement envie d'être seuls mais faisaient beaucoup d'efforts pour que je ne me sente pas exclu. J'aurais dû leur en être reconnaissant mais ça m'exaspérait. Et puis je n'avais aucune envie d'avoir la honte en allant au ciné, au resto ou en marchant dans la rue aux côtés de deux adultes qui se comportaient comme des ados attardés, ne se lâchaient pas la main et se roulaient des pelles tous les deux pas. Leur bonheur me dégoûtait.

Le pire était quand Adelia passait la nuit à la maison. Ma mère avait une réserve de bouchons d'oreilles dans l'armoire de la salle de bains et j'ai fini par aller y chercher une paire. Entendre son père faire l'amour est la chose la plus désagréable que je connaisse (c'est peut-être pire encore d'entendre sa mère, mais par bonheur, ça ne m'est jamais arrivé). Une torture. La première nuit où j'ai été réveillé par leurs ébats, j'ai mis du temps à identifier ces bruits. Quand j'ai enfin compris, je n'ai plus réussi à fermer l'œil de la nuit, le cœur en surrégime, et le lendemain, au petit déjeuner, je n'ai pas pu regarder Adelia dans les yeux. Ma boulangère préférée était devenue une sorte d'*alien* monstrueux. Cette femme qui se tenait devant moi, qui beurrait sa tartine et me passait le pot de confiture était-elle la même que celle qui avait émis ces sons stridents quelques heures plus tôt ? Du coup, les jours suivants, en marchant dans la rue, je regardais les gens bizarrement, les couples, les hommes, les femmes. Eux aussi menaient-ils une double vie, respectable le jour, bestiale la nuit ? Eux aussi faisaient-ils semblant d'être des êtres raisonnables et civilisés pour mieux se sauter dessus dès que j'avais le dos tourné ?

Ça me rendait malade. Je voulais m'en ouvrir à mon père, lui dire dans quel embarras son comportement me plongeait, le supplier d'aller passer ses nuits mouvementées ailleurs mais je n'ai pas osé.

Quand la rentrée est arrivée, que je suis retourné au lycée, j'étais à bout.

LE FILS DU BOULANGER

J'ai dû changer de boulangerie pour mes goûters. Pas question d'être servi par mon père ni par Adelia. De toute façon je ne leur parlais plus, ou le moins possible.

Quand, dans la cage d'escalier, je croisais la veuve du général, je constatais que son regard avec changé, qu'elle me scrutait désormais tel le fils du boulanger. Pire encore, elle voyait en moi *le-fils-de-celui-qui-n'a-pas-perdu-de-temps-pour-remplacer-sa-femme*. Un nom de guerrier indien un peu lourd à porter.

Je fuyais la maison. Je m'étais inscrit à la cantine du lycée et je restais tard au conservatoire où j'avais trouvé une salle de piano libre pour y faire mon travail. Chaque fois que c'était possible le week-end, je passais la nuit chez Mathias. Et comme par miracle, ça n'inquiétait plus mon père qui était toujours d'accord, trop content d'être seul avec Adelia. Et alors que je m'endormais sur un matelas au pied du lit de Mathias, je les imaginais, mon père et elle, se courant après dans les couloirs de l'appartement, nus, hilares et obscènes.

La cohabitation était devenue impossible, l'équilibre rompu. Avec mon père amoureux, ce n'était plus un père et son fils qui vivaient sous le même toit mais deux hommes. L'état de mon père, sa mue, avait comme effacé toute trace d'enfance dans ma présence et on se gênait l'un l'autre, chacun prenant trop de place, consommant trop d'air. Je ne m'étais jamais senti autant « adolescent », embarrassé par mon corps, mes pieds devenus grands, mon odeur... Je gênais, puisqu'en réalité, je n'étais pas chez moi mais chez lui. J'avais le sentiment de ne plus avoir ma place dans la vie de mon père.

Après un mois d'abstinence, j'avais repris la messe le dimanche à la rentrée, et j'en profitais pour déjeuner chez bonne-maman et pour y passer ensuite l'après-midi.

Bien sûr, ma grand-mère avait appris que mon père travaillait à la boulangerie, des voisins bien intentionnés avaient dû se charger de lui donner la nouvelle, même si ce n'était pas là qu'elle achetait son pain. Versailles a beau être une grande ville, c'est un tout petit monde replié sur lui-même.

Vers la fin septembre, n'y tenant plus, elle a commencé à me cuisiner.

– Et il est bon, son pain, à ton père ?

– J'en sais rien, j'ai répondu, je sais même pas s'il est déjà passé aux fours.

– Il doit se lever tôt, alors ?

– Oui.

Ma tante Bertille était là, qui sentait bien que je n'avais aucune envie d'évoquer ce sujet.

– Ça se passe bien, la première ? a-t-elle dit pour faire diversion. Déjà le bac français !

Mais ça n'a pas marché.

– Et la boulangère ? a lancé bonne-maman.

J'ai rougi.

– On m'a dit qu'elle était charmante…

Sa voix tremblait d'ironie et de fiel.

J'ai pensé à ma mère. C'était comme si je me sentais coupable vis-à-vis d'elle, et ça m'a mis en colère. S'il y avait bien une personne qui n'avait rien à se reprocher dans toute cette histoire, c'était moi, non ?

– Quoi, la boulangère ? j'ai demandé avec humeur.

Ma tante est intervenue :

– Parlons d'autre chose, s'il vous plaît.

– Et pourquoi ? a répliqué ma grand-mère, mon grand-père s'employant à compter et recompter ses petits pois dans son assiette. Tout le monde en parle en ville, pourquoi moi je n'aurais pas le droit d'en parler aussi ?

– Parce que ça ne nous regarde pas, a tenté Bertille.

– Eh bien si, ça me regarde, justement, a asséné ma grand-mère. Cet homme est encore marié à ma fille, que je sache ! Et puis il vit chez moi. Cet appartement m'appartient, à moi, et il est hors de question qu'il continue à y recevoir cette… cette… boulangère !

UN JOUR...

Une semaine plus tard, je me retrouvais à table pour dîner dans la cuisine avec mon père et Adelia.

– Il faut qu'on parle, Pierre, a commencé mon père.

Le genre de phrase que personne n'a envie d'entendre.

– On va déménager.

De surprise, j'ai levé le nez de mon assiette.

– Adelia et moi voulons vivre ensemble. Et je ne veux plus rien devoir à tes grands-parents.

Il y avait sans doute eu une conversation houleuse entre mon père et bonne-maman même si je n'en avais eu aucun écho.

– On a décidé de s'installer chez Adelia. Ce n'est pas très grand mais tu auras ta chambre.

Comme je ne disais rien, il essayait de repousser l'embarrassant silence en prenant un air joyeux.

– En plus, c'est à deux rues de ton lycée, bien plus près qu'ici ! Tu pourras dormir plus tard le matin... Ce n'est pas loin non plus du conservatoire...

J'avais du mal à respirer tant ma poitrine était oppressée.

– On sera chez nous, tu verras.

J'ai eu envie de répliquer qu'on ne sera pas chez nous, mais chez *elle*, mais je n'ai rien dit. À quoi bon ? Mon père avait dit « on a décidé », et ce « on » voulait dire lui et Adelia, je n'étais pas compris dedans. Je n'avais que seize ans et demi, je n'avais pas mon mot à dire. Je devais subir. Je vivais chez mon père. Et bientôt chez sa maîtresse. La colère montait en moi, la peur aussi de quitter cet appartement dans lequel j'avais toujours vécu. Je ressentais en moi la parfaite illustration de l'expression « avoir le cœur serré ». Mais je ne savais pas me mettre en colère, ou plutôt extérioriser ma colère. J'étais bien trop émotif. Je me serais mis à bafouiller, je n'aurais pas trouvé les mots, j'aurais fini par pleurer au bout d'un moment et je me serais trouvé lamentable. Une seule fois j'avais su me mettre en colère, deux mois plus tôt, sur la plage de l'Écluse, après le feu d'artifice, et j'avais vu ce que ça donnait !

Alors j'ai quitté la table sans un mot et suis parti me réfugier dans ma chambre non sans oublier, tout de même, d'en claquer la porte comme il se doit.

Je m'attendais à entendre frapper doucement, puis la voix de mon père me disant qu'il fallait qu'on parle, qu'il était désolé, qu'il me comprenait... Comme dans tous les films, dans toutes les séries télé ! Mais non. Rien. J'ai envoyé un message plein de détresse et de colère à ma sœur mais n'ai reçu aucune réponse. Et j'ai fini par m'endormir.

Le lendemain matin de bonne heure, alors que je prenais mon petit déjeuner, Adelia m'a rejoint dans la cuisine. Elle avait le visage plein de sommeil, les cheveux en pagaille. Elle portait une robe de nuit qui lui collait au corps, tendue à la hauteur de ses hanches, de ses seins nus sous le tissu, et je l'ai trouvée très troublante. Bien plus féminine que ma mère ne l'avait jamais été. Était-ce simplement parce qu'elle n'était pas ma mère, justement, ou bien est-ce que cela venait d'elle ? Sa façon de bouger, sa présence même, tout était femme en elle et autour d'elle, comme un halo invisible mais envoûtant. Si, enfant, j'avais toujours eu envie de me blottir contre ses seins, sa présence éveilla en moi ce matin-là des désirs nouveaux qui me mirent très mal à l'aise.

Elle s'est assise de l'autre côté de la table, s'est passé la main sur le visage, puis :

– C'est quoi ton problème ?

Mon problème ? *Mon* problème !

– Tu parles plus, tu fais la gueule tout le temps.

J'adorais son accent, même dans cette situation pénible.

– C'est à cause de ta mère ?

J'ai répondu non en pensant oui.

– C'est de voir ton père heureux qui te gêne ?

J'ai dit non mais pas bien sûr que ce soit l'entière vérité. Je n'avais aucune envie que mon père soit malheureux, mais là, son bonheur me pesait, m'encombrait, m'empêchait de vivre. Et puis peut-être que sans bien le comprendre, j'avais aimé le rôle qui avait été le mien quand il était si mal, déprimé, incapable de faire face au départ de ma mère. Je m'étais senti utile, et me consacrer à la bonne marche de la maison, me sacrifier d'une certaine façon pour mon père m'avait donné le beau rôle à mes propres yeux.

– C'est moi ? Tu m'en veux à moi ? a encore demandé Adelia.

– Non.

Comment lui dire que j'aurais préféré que ce soit une autre, n'importe quelle autre, une que je ne connaisse pas, qui ne m'ait jamais attiré, même si c'était une attirance d'enfant, de petit garçon, que l'imaginer, elle, nue au lit avec mon père m'était insupportable, que ça me faisait frissonner tant cela me mettait mal.

– Tu sais, a repris Adelia, il ne se serait jamais rien passé entre ton père et moi si ta mère n'était pas partie. Ce n'est pas mon genre. Ton père m'a toujours plu, depuis des années, je ne te le cache pas, mais il était marié. Il n'était pas pour moi. Et il n'est pas du genre non plus à aller voir chez les autres femmes que la sienne. Mais ta mère est partie. Ça fait huit mois maintenant.

Elle a marqué une pause. A soupiré. Elle m'a piqué un bout de tartine avant de reprendre, la bouche pleine :

– Je suis amoureuse de ton père, et il est amoureux de moi.

Elle a fini d'avaler le morceau de pain. Il lui restait une petite trace de beurre à la commissure des lèvres et j'ai eu envie de la lui enlever avec le doigt.

– C'est comme ça, a-t-elle poursuivi. On ne l'a pas choisi. On ne choisit pas l'amour. Mais on n'a pas à s'en sentir coupable. Je ne sais pas ce qui se passerait si ta mère réapparaissait. Je ne veux pas y penser. Là, aujourd'hui, j'aime ton père et il m'aime, et ça nous fait du bien. Ton père a droit à ce bonheur. Et moi aussi.

Elle m'a regardé, attendant une réaction qui n'est pas venue.

– Tu comprends ?

Je comprenais, mais je ne l'acceptais pas. J'ai préféré continuer de me taire. Alors elle a fini par ajouter une phrase qui m'a énervé :

– Tu comprendras, un jour.

Je ne pouvais pas savoir qu'elle avait raison, et que ce jour viendrait si vite.

PRÉLUDE

Papa n'a rien voulu emporter de son ancienne vie. À l'exception de mes meubles Ikea qui tenaient à peine dans ma nouvelle chambre et du piano. Nous avons laissé derrière nous l'appartement comme si nous partions en vacances. Avant de fermer la porte pour la dernière fois, j'ai eu un regard pour le jeu d'échecs et la partie en cours depuis quatre ans. J'avais envie de pleurer mais ne voulais pas le montrer à mon père.

La cage d'escalier, rue Édmé-Frémy, était étroite et sentait la cuisine. À chaque palier, on entendait des voix, des pas, des pleurs d'enfants, le son des télés ou de la musique derrière les portes. Pas du tout la même ambiance que dans notre ancien immeuble où il n'y avait qu'un appartement par étage et où ne vivaient que des vieux. Au cinquième, l'appartement d'Adelia était trois fois plus petit que celui de la rue Neuve-Notre-Dame et beaucoup plus bas de plafond. Donnant sur une cour étroite de l'autre côté de laquelle se trouvait un bâtiment identique, il comportait deux chambres, un séjour, un minuscule salon où mon piano prenait toute la place (les déménageurs avaient sué sang et eau pour le monter sans ascenseur dans l'étroite cage d'escalier), une seule et petite salle de bains avec une baignoire sabot (une découverte pour moi) et une cuisine qui était la plus grande pièce.

Nous nous y sommes installés par un samedi pluvieux et je me suis retrouvé assis sur mon lit, parfaitement déprimé, entouré de cartons dans lesquels se trouvaient mes vêtements, mes livres, mes BD, mes CD et mes partitions. J'ai pensé à mamie dont la vie, au moment de sa mort, tenait dans trois cartons. Je me demandais si mon père pensait à elle, parfois. En avait-il le temps avec son nouveau métier, son nouvel amour ? Je savais qu'il s'était rendu plusieurs fois sur sa tombe depuis l'enterrement mais nous n'en parlions jamais.

Je me sentais perdu. Seul. Ma mère me manquait terriblement soudain. Et ma sœur, aussi.

C'est alors que j'ai entendu un violoncelle. Je me suis redressé pour mieux écouter. Il ne m'a pas fallu longtemps pour reconnaître le *Prélude* de la *Première Suite* de Bach. Je me suis levé pour ouvrir la fenêtre. Les notes ne venaient pas de loin, sans doute d'une fenêtre du bâtiment d'en face. La main était sûre, le phrasé à la fois intense et léger, sans affectation. Juste et beau. La pluie tombait toujours, se précipitant du ciel gris et lourd dans la cour étroite et sombre mais elle n'était plus triste. Elle semblait à sa place, harmonieuse, comme si cette musique, des siècles plus tôt, avait été composée pour l'accompagner un jour. Et la cour encombrée de vélos et de conteneurs à poubelles s'en trouvait anoblie, presque touchante par son manque de grâce. La vie était montée d'un cran. J'ai fermé les yeux, me laissant pénétrer par chaque note, chaque pression de l'archet sur les cordes.

Quand le morceau fut fini, il y a eu un instant suspendu avant que la vie ne reprenne son cours. Comme des points de suspension.

J'ai soupiré. Dégluti. Rouvert les yeux.

J'ai sursauté quand on a frappé trois coups à ma porte. Le déjeuner était prêt, brusque retour à la réalité.

J'ai reconnu à l'instant le jeu de l'instrumentiste le mardi suivant, en entrant dans la cour du conservatoire. La même *Suite* de Bach, le *Prélude* toujours et, j'en étais certain, les mêmes mains qui tenaient l'archet que le samedi par ma fenêtre.

Le solfège ne commençait qu'une heure plus tard, j'étais censé attendre Mathias mais je me suis laissé guider par les notes. Elles m'ont mené au deuxième étage, tout au bout d'un long couloir au parquet grinçant, devant une porte close. J'ai hésité. Attendu, le cœur battant. J'ai pris la poignée, l'ai tournée doucement, sans bruit. La porte s'est entrouverte. Sans entrer, j'ai vu son dos, ses longs cheveux bruns qui descendaient jusqu'à sa taille. Elle jouait face à la fenêtre, l'instrument calé entre ses cuisses, sa main gauche sur les cordes du manche, son bras droit accompagnant l'archet. Sa silhouette était jeune, une élève sans doute, mais jouant si bien, avec une telle maîtrise, qu'elle aurait pu être un professeur. Mieux, même. J'ai retenu mon souffle quand est venu le crescendo final, le *ritenuto* et le dernier accord si beau et si saisissant. Quand les sons se furent éteints, elle s'est retournée pour me regarder.

Elle avait la peau brune, le visage lisse et très symétrique, des yeux d'un bleu étonnamment clair.

– Je... Je ne voulais pas te déranger.

Elle m'a souri et un feu s'est allumé en moi.

– J'ai fini, m'a-t-elle répondu.

– Tu habites rue Édmé-Frémy ? j'ai alors demandé.

Elle a joliment froncé les sourcils.

– Comment tu sais ?

Elle avait un accent, fort, roulant.

– Je crois qu'on est voisins. Je t'ai entendue jouer ce week-end, de ma chambre.

Nous nous sommes retrouvés dans la cour, assis sur les marches qui montent à la salle de l'auditorium. Elle m'a dit s'appeler Yildiz, qui voulait dire *étoile*. Elle était arrivée de Turquie six mois plus tôt. Elle vivait chez son oncle qui était installé en France depuis seize ans. Elle préparait le concours d'entrée au conservatoire de Paris après avoir gagné tous les prix dans son pays. Elle aurait dix-sept ans en novembre.

Mathias a débarqué en courant, ayant peur d'être en retard pour le solfège. Il nous a rejoints, essoufflé. J'ai fait les présentations.

Deux heures plus tard, après le solfège et mon piano, je suis rentré à pied en compagnie de Yildiz qui m'avait attendu. Elle a beaucoup parlé en chemin. Je l'ai beaucoup écoutée. Nous habitions bien le même immeuble mais pas la même cage d'escalier. Nous avons ri en comprenant que les fenêtres de nos chambres étaient exactement l'une en face de l'autre, au cinquième étage.

Nous nous sommes fait au revoir chacun de notre côté de la cour avant de nous coucher et je me suis laissé tomber sur mon lit, à même les draps, bien incapable de trouver le sommeil. Sans même l'idée de le chercher.

AMOUREUX

– Tu ressens quoi ? m'a demandé ma sœur.
– C'est comme si le printemps était venu rien que pour moi.
– Poète, en plus ?
– Fais pas chier. Tu me demandes, je te réponds. C'est… J'ai la poitrine gonflée, je suis sans cesse au bord des larmes, mais de joie, de reconnaissance. J'ai l'impression de tout ressentir plus fort, de mieux entendre les sons, de mieux sentir les parfums. Mon cœur bat plus vite aussi. Dès le réveil. Je me réveille et il se met à cogner parce que je me souviens qu'elle est là, qu'elle existe. Je trouve tout beau. Je m'arrête dans la rue parce que j'entends un oiseau chanter et quand je le vois, je souris.
– Tu deviens débile, quoi !
– Non : heureux.
– Un imbécile heureux.
– Je manque d'air quand je ne suis pas avec elle. Comme à la piscine, en apnée. J'ai l'impression de nager sous l'eau

et de ne retrouver la surface que quand je la vois. C'est dingue. Te fous pas de moi ! C'est d'une force incroyable, vraiment physique. Quand elle n'est pas là, ça me fait mal physiquement. À l'intérieur, sur la peau aussi, comme une exaspération. Et puis, dès que je la vois les vannes s'ouvrent, l'air revient, je me retrouve.

– Nous voilà bien ! a ironisé ma sœur, reprenant une expression qu'utilisait souvent mamie.

– Oui, bien, j'ai répondu. Bien, c'est le mot. J'ai la sensation d'être enfin à ma place. Tu sais, cette impression d'attendre quelque chose, toujours... Que quelque chose se passe. Quelque chose d'autre que la vie de tous les jours. D'attendre que ma vie commence vraiment. J'ai toujours ressenti ça... Eh bien là, ça y est. C'est arrivé. J'y suis. Dans ma vie, vraiment. Depuis que je l'ai rencontrée.

Ma sœur n'a rien répliqué cette fois. J'ai essayé de continuer.

– Je voudrais inventer des mots. Il n'y en a pas d'assez forts. Quand je m'adresse à elle, je voudrais des mots rien que pour nous. Ou alors une symphonie, une suite, un concerto... S'il n'y a pas de mots, je voudrais trouver les notes pour savoir lui dire ce que je ressens.

– Ben mon vieux !

– C'est elle.

– Elle ?

– Oui. Je l'ai reconnue. On s'est reconnus. C'est comme si, sans le savoir, on s'était toujours cherchés.

– Je sais pas si vous vous êtes reconnus, mais moi, te reconnais plus, petit frère ! On croirait entendre les paroles des chansons d'amour que tu détestais tant !

– Peut-être que ceux qui les ont écrites étaient très amoureux ?

– En tout cas, c'est sûr, là, toi, t'es amoureux. Diagnostic indiscutable !... Tu l'as embrassée ?

– Oui.

– Et alors ? C'était comment ? Mieux ou moins bien qu'avec la fille de Dinard ?

– Rien à voir. Pas le même monde.

– Attends ! Ça reste deux bouches et deux langues !

– Non. Oh non ! C'était... C'était...

– Dis rien, dis rien, je t'en prie, ça va être embarrassant. J'ai eu ma dose de poésie à deux balles pour ce soir.

J'ai souri. Même me faire chambrer par Alix me faisait sourire.

AMOUREUX (2)

Au moment de se coucher, après s'être regardés une bonne demi-heure par la fenêtre, au travers de la cour, avec Yildiz, on échangeait des SMS pour se dire au revoir. Je la savais toute proche, dans le bâtiment voisin, dans son lit, et je la couvrais de mots d'amour. Il nous fallait vingt SMS avant de parvenir à nous quitter pour la nuit. Je fermais ensuite les yeux intensément, impatient de m'endormir pour être plus vite au réveil où je retrouvais la conscience de sa présence dans ma vie. Mais le problème avec le sommeil, c'est que plus on y pense et moins il vient facilement, et je mettais plus longtemps que jamais à m'endormir, bien trop énervé, bien trop animé, bien trop aimant.

Ce soir-là, j'avais encore envie de parler de Yildiz et, sachant que son portable était toujours sur vibreur, j'ai essayé le numéro de Mathias.

– Ouais.

– Faut que je te parle.
– Ça peut pas attendre demain ?
– Non, j'ai dit.
– Ben vas-y alors ?
– C'est Yildiz.
Il y a eu un silence, puis Mathias a dit :
– Ah non ! Pas toi ?
– Quoi, pas moi ?
– Me dis pas que t'es amoureux ?
– Ben...
– Putain ! Non !
J'allais répliquer mais il ne m'en a pas laissé le temps.

– C'est une véritable épidémie, pire que la grippe A-machin-truc ! Faut sortir un vaccin d'urgence ! Mon père d'abord, puis ma mère, ma sœur, même mon demi-frère, en grande section de maternelle, il a une amoureuse et il se remet à pisser au lit ! Mais qu'est-ce que vous avez, tous ?

– Rassure-toi, je ne pisse pas au lit ! j'ai réussi à placer.

– Ça viendra. C'est pas dans les premiers symptômes, mais ça viendra. D'abord, tu vas perdre l'appétit, ton cœur va battre plus vite, les milliers d'idées qui, avant, te traversaient l'esprit chaque minute vont se réduire à une. Une idée. Par jour. Voire par semaine. La même toutes les semaines. En gros, tu vas devenir débile profond. Et puis tu vas sourire sans cesse. Un sourire insupportable pour tout le monde sauf pour... Comment elle s'appelle, déjà ?

– Yildiz. Ça veut dire *étoile*.

– En plus ça veut dire *étoile*. Elle pouvait pas s'appeler artichaut ou patin à roulettes, non ? Étoile... On se croirait dans une mauvaise série télé, ou dans une chanson d'amour à la con.

– Mais tu trouves pas qu'elle est...

– La plus belle ? La plus intelligente ? La plus douce ?...

– Ben oui, j'ai répondu sincèrement.

Mathias a soupiré, visiblement affligé, et je me suis retenu *in extremis* de lui dire « Tu comprendras, un jour ».

C'est lui qui a poursuivi :

– Le dernier symptôme, c'est que tu vas oublier tes amis.

– Mais non.

– Mais si. Les parents, quand ils tombent amoureux, ils oublient bien leurs enfants ! Alors les amis...

6 DÉCEMBRE

Je ne sais pas combien de temps durera ma vie, combien de 6 décembre je traverserai encore. Quarante ? Soixante ? Cinq ? Si je mène une vie sans accident, les statistiques pencheraient pour soixante-cinq environ. Encore soixante-cinq anniversaires de la mort d'Alix.

J'étais là, pour la quatrième fois, la quatrième année. Debout, face à la tombe de ma sœur. Adelia était venue, et sa présence féminine et chaude me faisait du bien. Elle était entre mon père et moi, nous tenant tous les deux par la main. J'avais envie de me blottir contre elle, contre sa poitrine. Ma mère me manquait. Je crois qu'inconsciemment j'avais espéré qu'elle réapparaisse pour ce jour particulier. Y pensait-elle, là où elle se trouvait ? Pensait-elle à Alix ? À moi ?

J'étais droit, raide, je ne disais rien. Mon chagrin était prisonnier en moi, si gros. J'avais mal. J'étais déchiré depuis quatre ans. J'aurais voulu pleurer pour retrouver de l'air mais n'y parvenais pas.

Mon père s'est accroupi pour, d'une main, ôter une feuille morte de la pierre tombale. L'idée d'Alix allongée là était insupportable. J'essayais de ne penser à rien mais c'était plus fort que moi. Un quart de seconde, mais suffisant pour avoir l'impression de recevoir une décharge électrique, mon esprit a effleuré l'idée de la décomposition de son corps. À quoi ressemblait-elle, quatre ans après ? J'ai frissonné. Adelia s'en est rendu compte et j'ai senti son regard sur moi.

J'ai dirigé mes yeux vers les lettres dorées sur le côté de la tombe pour y lire *Marie-Alix Blanc* suivi de ses années de naissance et de mort.

J'ai fondu en larmes. Enfin.

J'étais plus vieux que ma grande sœur.

6 DÉCEMBRE (ENCORE)

Je faisais découvrir le parc du château de Versailles à Yildiz.

Ce 6 décembre, on s'est assis sur un banc, devant une haie de charmilles, près du bassin dit du Miroir, que j'aimais beaucoup, surtout en hiver, quand il était gelé.

Assise tout contre moi, Yildiz m'écoutait raconter ce 6 décembre vieux de quatre ans.

– C'était un samedi. Jour de la visite chez mamie à la maison de retraite. On faisait un roulement Alix et moi, une semaine sur deux. C'était mon tour. Maman y allait aussi ce jour-là, et pendant qu'elle se préparait, on faisait une partie d'échecs. Je gagnais. J'avais les noirs. J'essayais de voir plusieurs coups en avance. Si je mettais la tour en E-5, je pouvais la mettre mat. Alix était très mauvaise perdante. Elle était un peu « mauvaise tout », à cette époque. Elle avait quinze ans, moi douze. On se chamaillait beaucoup. Elle était carrément chiante. Sa spécialité, c'était de me mettre en colère, et pourtant, je suis nul en colère, je ne sais pas bien faire. Mais elle, elle savait trouver les mots justes, et la bonne intonation. Bref, une grande sœur. Je l'adorais. Mais là, elle me gonflait. Elle sentait bien qu'elle était en train de perdre et c'était la première fois. Alors elle me pressait, me disait de me dépêcher. Elle essayait de me déconcentrer. J'étais sur le point de gagner, de battre ma grande sœur aux échecs pour la première fois ! J'étais nerveux. « Putain ! j'ai dit. Fous-moi la paix ! Qu'est-ce que t'as ce matin ? T'as tes règles, ou quoi ? »

J'ai marqué une pause dans mon récit, noué. Puis j'ai repris.

– J'en suis malade d'avoir dit ça. C'était nul. Minable. Bon Dieu, cette phrase va me hanter jusqu'à ma mort. Quand j'y repense, je voudrais disparaître sous terre.

Yildiz a posé sa main sur la mienne.

– Elle l'a mal pris. Surtout que oui, elle avait ses règles ! Elle m'a traité de connard et elle est partie dans sa chambre. J'étais là, assis devant le jeu d'échecs, à quelques coups du mat et elle s'était barrée ! J'étais fou. Elle me volait ma victoire. Bien plus qu'une victoire : ma première victoire ! Un moment que tu n'oublies pas ! Pour le coup je me suis mis en colère, aussi parce que je savais que j'étais en tort, que ce que j'avais dit était nul. Je l'ai suivie dans sa chambre, je l'ai traitée de tous les noms. Mon père est intervenu. On ne rigolait pas avec les gros mots à la maison et je venais d'en aligner plus qu'en douze ans de vie !

Quand il est entré dans la chambre, on n'était pas loin d'en venir aux mains. Mon père nous a séparés. Il a gueulé un bon coup puis il m'a dit d'enfiler mon blouson. J'ai dit : « J'viens pas. » Mon père m'a répliqué que c'était samedi, que mamie nous attendait. J'ai dit : « J'm'en fous, j'viens pas. » Ma mère a pointé le nez à l'entrée de la chambre, a demandé ce qui se passait. Mon père lui a expliqué. Et alors là, Alix, rien que pour m'embêter, avec sa voix de *grande-sœur-tellement-supérieure-au-pauvre-crétin-de-petit-frère-même-pas-encore-boutonneux-qu'elle-devait-se-trimballer* a dit : « J'y vais, moi. » Grande dame et tout. Elle, elle allait rendre visite à notre pauvre grand-mère qui perdait la tête pendant que je ferais du boudin. Ça a marché. J'étais non seulement furieux mais vexé, humilié. Mon père m'a dit : « On en reparlera, Pierre. On reparlera de ton comportement », et ils sont partis tous les trois.

Je me suis arrêté. J'avais peur des mots à suivre. J'ai regardé Yildiz, si belle, son visage tourné vers moi, encadré de ses cheveux noirs et lisses, et ses yeux si bleus. Comment pouvait-il y avoir tant de grâce dans un visage, et que ce visage me regarde, moi ? Avec amour ? J'ai voulu lui sourire mais j'étais trop ému. Alors j'ai repris mon histoire.

– Le téléphone a sonné une heure et demie plus tard. Je n'avais pas de portable à l'époque, j'ai décroché. J'ai eu du mal à reconnaître la voix de maman. J'ai eu du mal à comprendre ses mots. Je l'imagine, à l'autre bout du fil, les cherchant pour me dire que le monde venait de s'écrouler. Des mots qui devaient lui faire si mal et qu'elle devait choisir pour me faire souffrir le moins possible.

Là j'ai commencé à trembler. Yildiz a passé un bras autour de mes épaules.

– Maman m'a dit : « Il y a eu un accident, Pierre. La voiture. Place de la Loi. Il y avait ce camion qui a grillé la priorité... » Elle a marqué une pause, je l'ai entendue renifler, trembler. Il y avait du bruit autour d'elle. « Je suis à l'hôpital, elle a dit. C'est moi qui conduisais. Ton père. Ton père est dans le coma. Mais les médecins sont optimistes. » Encore une pause, et puis : « Ta sœur. Alix. Ta sœur est... » Elle n'a jamais dit le mot. Elle n'a pas pu. Je l'ai entendue sangloter. Puis elle a ajouté que mes grands-parents allaient me rejoindre. Et ça a sonné à la porte presque aussitôt. Maman a raccroché. Je n'avais pas compris. Pas encore. Mais j'avais peur, si peur. Si peur de ce que j'allais comprendre. J'ai l'impression d'avoir mis des heures à ouvrir. C'était bonne-maman et bon-papa. Et en même temps, ce n'étaient plus eux. Ils avaient changé, d'un coup. On a tous changé d'un coup et pour toujours ce jour-là. On a perdu un bout de nous. Plus rien ne serait jamais pareil. Ma grand-mère a dit les mots, elle. Alix était morte sur le coup.

Je me suis mis à sangloter dans les bras de Yildiz, sur le banc, face au bassin du Miroir, dans le parc du château de Versailles. Elle m'a bercé doucement.

– Papa est sorti du coma en pleine nuit. Maman était à ses côtés. Il ne se souvenait pas de l'accident, elle a dû lui annoncer la mort de leur fille. Maman était anéantie mais elle devait être là pour les autres. Elle avait eu un accident de voiture qui avait causé la mort de sa fille alors qu'elle était au volant, mais elle devait prendre sur elle pour annoncer la nouvelle aux autres et les consoler. Je ne sais pas comment elle a trouvé la force.

J'avais fini mon récit. Yildiz n'avait pas dit un mot, elle m'avait écouté, caressé, enlacé. C'était si bon de sentir sa chaleur, son amour. Je pleurais. Je tremblais.

– Je lui parle toujours. Tous les jours. Elle est en moi, ma sœur. On dialogue, je lui pose des questions. C'est un peu comme un ange gardien, tu comprends ?

Yildiz a fait oui de la tête. Puis j'ai ajouté :

– C'est moi qui aurais dû être dans la voiture ce jour-là. Si on ne s'était pas disputés, si je n'avais pas été odieux, c'est moi qui aurais été dans la voiture à sa place.

6 DÉCEMBRE (FIN)

En éteignant la lumière ce soir-là pour dormir, j'ai soudain pensé que j'avais oublié de répondre au SMS que Mathias m'avait envoyé le matin même, comme il le faisait chaque année le 6 décembre, pour me dire qu'il pensait à moi et à ma sœur. En général, surtout si c'était un jour où on n'avait pas cours, on se retrouvait après le cimetière, histoire de me changer les idées.

Pas cette fois.

Me sentant coupable, je lui ai envoyé un mot tout en revivant en pensées ce qui s'était passé après que j'ai terminé mon récit dans le parc, quelques heures plus tôt.

LE MONDE DANS LA MAIN

Après mes derniers mots, Yildiz avait posé ses lèvres sur les miennes, j'avais senti sa langue contre ma langue et nous nous étions longuement embrassés. Puis elle avait embrassé mon visage, mes yeux, bu mes larmes. Nous nous étions enlacés encore plus fort que jamais, nos lèvres jointes et nos mains nous pétrissant l'un l'autre, le dos, les hanches, comme si nous voulions disparaître l'un en l'autre, ne plus faire qu'un.

À bout de souffle, elle s'est écartée et m'a dit : « Viens. » Elle s'est levée, a pris ma main. Nous nous sommes dirigés vers le château, puis vers le centre-ville. Mains jointes. Nous nous arrêtions tous les vingt pas pour nous embrasser, pour retrouver de l'air au souffle de l'autre.

Place d'armes, nous avons couru pour attraper un bus dans lequel nous ne nous sommes pas décollés l'un de l'autre. J'ai glissé une main sous son pull, senti sa peau nue. J'aurais voulu la mordre tant mes baisers peinaient à dire mon amour, mon désir.

Arrivés rue Édmé-Frémy nous ne marchions plus, nous courions. Nous avons avalé les cinq étages. L'appartement de l'oncle de Yildiz était vide. Nous sommes directement allés dans sa chambre. Là, soudain, la peur s'est glissée en moi. Nous nous sommes regardés un moment, immobiles, l'un en face de l'autre, essoufflés. Je n'osais bouger. J'ai vu Yildiz enlever son pull. Elle le faisait en tirant par le cou, par le dos, pas comme moi qui croisais les mains et prenais mes vêtements par le devant et par le bas pour les retourner comme un gant. Je ne sais pas pourquoi j'ai noté ce détail. Je notais tout, je voyais tout, je ressentais tout mille fois plus intensément que d'habitude. L'instant d'après, avec la même technique, elle a ôté son T-shirt. Elle était face à moi, en jean et soutien-gorge. Magnifique. Je n'osais toujours pas un geste et j'ai vu ses mains disparaître dans son dos. Je me suis dit que j'aurais dû enlever son soutien-gorge moi-même, histoire de faire quelque chose, de montrer mon désir, mais je n'en avais pas le courage. J'ai retenu mon souffle quand la chair de ses seins a été libérée du tissu. Elle s'est avancée, je voyais sa poitrine menue soulevée par sa respiration. Elle a tendu un bras, a pris l'une de mes mains et l'a guidée. J'ai senti sa chair, si douce, si chaude, son cœur qui cognait tout près, son téton dur dans le creux de ma paume.

C'était le monde entier que je tenais dans la main.

Yildiz a frémi et a fermé les yeux.

La vie s'ouvrait à moi, se révélait, se déployait. La plénitude était donc accessible, au cœur de la réalité ! Il était possible de vivre sans en attendre autre chose.

ÉLÉGIE

Un autre jour, alors que j'étais encore endormi dans son lit, j'ai été réveillé par le son du violoncelle. Nue, Yildiz jouait pour moi le prélude de la *Suite n° 1* de Bach et toute la beauté du monde était là.

Je n'avais jamais aimé mon prénom, que je trouvais vieux et sec, mais j'adorais quand Yildiz le prononçait, en roulant les R. Parfois, elle disait « mon Pierre » et cela me bouleversait. Oui, je voulais être *son* Pierre, être à elle tout entier. J'avais du mal à bien prononcer son prénom, qui sonnait trop sèchement dans ma bouche, trop pointu et plat. Il m'aurait fallu des intonations plus traînantes, plus colorées et sensuelles. Bien plus orientales. Ma Yildiz. Mon amour. Mon cœur.

– Je croyais que le cœur n'était qu'un organe vital, palpitant, dégueu et sanguinolent ?

– Ta gueule, Alix !

Nous manquions de mots et de temps depuis que nous étions seuls au monde. Il n'y avait que nos peaux l'une contre l'autre qui savaient dire notre amour.

Nous avons eu envie de musique ensemble et Yildiz a eu une idée.

Rue du Vieux-Versailles, dans « la boutique du Conservatoire », elle a acheté la partition de l'*Élégie* de Gabriel Fauré, avec l'accompagnement transcrit pour le piano.

Nous l'avons travaillé à la maison, dans le petit salon, quand nous pouvions être seuls. La partie piano était sans réelles difficultés sauf un passage avant la fin et nous sommes rapidement parvenus à bien interpréter cette œuvre que je ne connaissais pas et que j'ai immédiatement aimée, comme si elle avait été écrite pour nous.

La jouer ensemble était une autre façon de faire l'amour.

LE CARILLON DES ANGES

Nous n'avons pas pu échapper à la pression familiale. Pas de *tu*, cette fois, mais un *vous*. « Vous allez bien nous jouer quelque chose ? »

En vérité, il n'a pas fallu nous pousser beaucoup. Yildiz et moi, sans avoir besoin de nous concerter, avons joué le Fauré à toute la famille pour le réveillon de Noël, un grand sapin décoré et clignotant à côté du piano. Toute la famille, c'était mon père, Adelia, l'oncle de Yildiz et ses parents qui étaient venus passer une semaine de vacances en France pour la voir. Ma tante Bertille était là, aussi, que j'avais eu envie d'inviter et qui avait tout de suite accepté, trop contente, je pense, d'échapper à son choix habituel : la solitude ou le tête-à-tête avec bonne-maman et bon-papa.

Tout le monde était réuni chez nous, Yildiz et moi avions aidé Adelia à préparer le dîner. Elles s'entendaient très bien et riaient beaucoup, souvent à mes dépens.

Le père et la mère de Yildiz étaient béats d'admiration devant leur fille. Elle était la plus belle (et tenait de sa mère pour les yeux), la plus intelligente, la plus douée et si, amoureux comme je l'étais, je n'étais pas bien placé pour les contredire, j'étais quand même très étonné par la simplicité avec laquelle ils lui exprimaient leur amour. Exactement le contraire de ma famille où la pudeur est une telle vertu qu'on finit par ne plus rien se dire. Dans la famille de Yildiz on parle fort, on se touche, on s'embrasse, on se congratule.

L'oncle de Yildiz, le petit frère de sa mère, est un homme de l'âge de mon père, célibataire, très grand, très gros, parlant si vite que l'on perd la moitié de ses mots et qui termine une phrase sur deux par un éclat de rire tonitruant. Il s'était pris d'amitié pour papa, l'embrassait sur les deux joues pour lui dire bonjour et au revoir et lui donnait de grandes tapes amicales dans le dos pour un rien. Je crois que mon père l'aimait bien aussi mais il ne savait absolument pas comment se comporter avec lui, ce qui amusait beaucoup Adelia qui, elle, semblait très à son aise avec tout le monde.

Les applaudissements ont éclaté après la dernière note de l'*Élégie*.

– Qu'ils sont beaux, tous les deux ! s'est exclamée la mère de Yildiz qui, elle aussi, parlait un français impeccable. La beauté, le talent, l'amour… C'est une bénédiction que nos enfants, a-t-elle ajouté en s'adressant à mon père qui, comme moi, s'était mis à rougir.

Le repas était portugais et turc, un Noël inédit pour moi. Les adultes ont beaucoup bu et l'ambiance est très vite montée. J'ai vu, en bout de table, ma tante rire aux éclats aux blagues que l'oncle de Yildiz lui glissait à l'oreille et j'ai pensé que c'était sans doute la première fois de sa vie qu'elle allait manquer la messe de Noël. Nous avions convenu tous les deux que nous nous rattraperions le lendemain matin, y retrouvant bonne-maman qui, elle, la gourmande, prenait double ration pour l'occasion : la messe de minuit et celle de onze heures le lendemain matin.

Avant le dessert, je me suis senti m'extraire de la réalité, de l'ambiance. Je me suis replié sur moi-même et les voix et les rires sont devenus plus lointains quelques instants. J'ai pensé à ma mère. Au temps, aux souvenirs, à l'oubli. Après son silence le 6 décembre, je n'attendais plus de signe d'elle, même pas pour Noël.

Je suis brutalement revenu à la réalité, et les bruits sont repassés au premier plan. J'ai croisé le regard de mon père et j'ai compris que lui aussi venait de penser à celle qui n'était pas autour de cette table. Il m'a souri. On s'est compris. Nous étions heureux tous les deux ce soir, et c'était bien comme ça.

J'ai sorti mon portable de ma poche et j'ai composé un SMS que j'ai envoyé à Mathias : **Joyeux Noël !**

Sa réponse n'a pas tardé :

Joyeux Noël, espèce de lâcheur. T'as le cerveau qui a fondu, un sourire de parfait crétin, mais faut bien avouer que

ton « Étoile », elle est canon. Si vous faites des p'tits, faudra m'en garder un !

On a débouché le champagne. On a amené la bûche au milieu de la table, faite par mon père, l'apprenti boulanger que nous avons chaleureusement applaudi.

Yildiz s'est penchée vers moi et m'a dit à l'oreille :

– Ta tante et mon oncle, c'est une affaire qui marche !

Bertille avait beaucoup trop bu, son serre-tête bleu marine était de travers et ses yeux pétillaient. Ceux de l'oncle de Yildiz aussi quand il la regardait, la serrant de plus en plus près au fur et à mesure que la soirée avançait.

J'ai déposé un baiser sur les lèvres de Yildiz et je lui ai dit que je revenais.

Dans ma chambre, sur une étagère Ikea, j'ai pris la boîte du carillon des anges que j'avais tenu à emporter quand nous avions déménagé. Pour moi depuis tout petit, un Noël sans carillon des anges n'est pas un Noël.

J'ai expliqué à la famille de Yildiz et à Adelia, qui n'en avait jamais entendu parler non plus, cette tradition venue de Suède. Le silence s'est fait petit à petit alors que j'assemblais les pièces du mobile doré. J'ai fini par disposer les quatre petites bougies sur le socle, sous les angelots, et mon père a éteint la lumière. Me faisant l'impression d'être un mystérieux alchimiste, j'ai craqué une allumette dans un silence recueilli.

Tout le monde attendait, les yeux braqués sur le carillon. La chaleur des flammes montait et les ailettes se sont mises à tourner, entraînant les anges. J'ai vu les bouches qui s'entrouvraient. La magie opérait. Il y a eu un premier tintement quand l'une des petites baguettes de laiton a heurté une clochette. Puis un deuxième, un troisième. J'ai entendu un « Oh... » émerveillé. Les tintements sont devenus réguliers, cristallins, et j'ai regardé au plafond les reflets dorés et tournants qui faisaient comme la surface d'une eau précieuse.

J'ai pensé à Alix. C'était elle, traditionnellement, qui, tous les ans, montait le mobile. Mais nous allumions les bougies ensemble, chacun deux pour qu'il n'y ait pas de jaloux.

Après le cimetière, quelques semaines plus tôt, Adelia m'avait dit que la valeur d'une vie ne se comptait pas en années. Qu'une belle vie courte valait mieux qu'une vilaine et longue. Puis elle avait ajouté : « Ta sœur est partie avant de perdre la grâce de l'enfance. Elle était encore une jeune pousse et n'a connu que le beau de la vie. » J'avais pensé alors que je n'avais jamais dit à Alix que je l'aimais. C'est une chose qu'on ne fait pas entre frère et sœur. Et pourtant...

Je garderai toujours en tête ce Noël, l'un des tout premiers de ma vie, durant lequel mon regard avait glissé du carillon jusqu'au visage de ma sœur de l'autre côté de la table. Comment elle était attentive, immobile, fascinée, bouche ronde entrouverte et des reflets d'or dans les yeux.

Mon regard a glissé cette fois encore, mais pour tomber dans celui de Yildiz.

Et j'ai souri.

À PRÉSENT

Je ne sais pas pourquoi j'ai eu envie d'écrire cette histoire. Ou plutôt besoin. C'est comme la faim, écrire, ça vient d'un creux à l'estomac.

J'attends ma mère. J'ai vingt-quatre ans aujourd'hui. Je n'espérais plus rien d'elle depuis longtemps quand j'ai reçu son message. Un rendez-vous dans ce café, le jour de mon anniversaire. Son numéro était masqué, je n'ai même pas pu lui répondre. Mais je suis là, à l'heure. En avance, même, pour avoir le temps de terminer ce récit. Et si c'était pour elle que je l'avais écrit ? Pour ma mère ?

Je ne lui en veux pas pour ces huit années de silence. Sans son départ, sa disparition, je ne serais pas celui que je suis aujourd'hui, ni mon père. Il ne serait pas boulanger, Adelia et lui ne m'auraient pas donné un petit demi-frère, et moi je n'aurais pas rencontré Yildiz. Je ne serais pas non plus le père d'une petite fille de vingt-deux mois qui ressemble incroyablement à ma sœur (y compris le caractère, ce qui me réjouit nettement moins) et dont Mathias est le parrain.

Je ne suis pas devenu concertiste, je ne jouerai jamais l'*Adagio un pocco mosso* du *Cinquième Concerto* de Beethoven salle Pleyel. Je ne suis pas assez talentueux pour ça, tout simplement. Mais je pense que je pourrai faire un bon professeur de piano d'ici quelques années. Je suis pour l'instant un répétiteur acceptable, et passionné. Yildiz, en revanche, après son premier prix du conservatoire de Paris, commence une brillante carrière de soliste internationale au violoncelle.

D'une certaine façon, la mort d'Alix a aussi contribué à la construction de ce présent. Elle en a été une brique. Une sale brique mais qu'il était impossible de supprimer une fois qu'elle était posée. Elle fait partie de l'édifice, de l'équilibre.

Ces années m'ont appris qu'il faut prendre tout ce qui se présente, s'efforcer de vivre pleinement ce qui doit l'être, le bon comme le mauvais, chaque sourire, chaque larme. Il faut habiter le présent, comme seuls savent le faire les nouveau-nés, comme je le faisais ce Noël de mes premières années, quand je regardais les reflets dorés dans les yeux de ma sœur et que le monde se résumait à cet instant.

Je ne sais pas ce que l'existence me réserve. Je vis avec la femme que j'aime et qui m'aime. Disparaîtra-t-elle un jour sur le parking d'une zone commerciale ? Notre enfant perdra-t-elle la vie dans un accident de voiture ? Qui sait ?

Et à quoi bon savoir sinon à se gâcher ce qui doit être vécu : le présent.

Et le présent, c'est ma mère qui arrive, que j'aperçois à l'entrée du café.

Je crois entendre le carillon des anges mais c'est mon cœur qui tinte.

Peu importe ce qui lui est arrivé toutes ces années, ce qu'elle a fait. C'est une autre histoire que celle que je termine d'écrire aujourd'hui en ajoutant le point final qui suit ce dernier mot.

TABLE DES MATIÈRES

I

C'est drôle au début	P. 13
Ordinaire	P. 17
Ses yeux pâles	P. 21
C'est tout	P. 25
Tout ou rien	P. 33
Alix	P. 39
Adagio un poco mosso	P. 43
Un chic type	P. 47
« Vous me faites chier, bonne-maman »	P. 51
L'éclair au chocolat	P. 55
Une semaine	P. 61
La chambre 103	P. 67
La tour noire	P. 77
Chopin	P. 83
La chambre 103 (2)	P. 91
L'accident	P. 99
Apparition	P. 107
Le pas sur le côté	P. 111
Hors compétition	P. 113
Les chaussettes rouges	P. 117
La chambre 103 (3)	P. 121
La chambre 103 (4)	P. 125
Hypothèses	P. 131
Le puzzle	P. 137
Ma place au paradis	P. 143

II

La plage de l'Écluse	P. 149
Cool !	P. 155
Rêverie	P. 165
Le rayon vert	P. 173
Derrière la fenêtre	P. 175
La voix de mon père	P. 179
Tu vas bien nous jouer quelque chose ?	P. 183
L'amour du Christ	P. 189
Qui ne tente rien n'a rien	P. 197
Fête nationale	P. 201
Sous la pluie	P. 207

III

Le père de mon père	P. 211
Deli	P. 217
Adelia	P. 225
Le fils du boulanger	P. 231
Un jour…	P. 235
Prélude	P. 241
Amoureux	P. 247
Amoureux (2)	P. 251
6 décembre	P. 255
6 décembre (encore)	P. 257
6 décembre (fin)	P. 263
Le monde dans la main	P. 265
Élégie	P. 269
Le carillon des anges	P. 271
À présent	P. 277

DANS LA MÊME COLLECTION

Fuir les taliban, **André Boesberg**
traduit du néerlandais par Emmanuèle Sandron

« Des vautours se laissent porter dans le ciel bleu par les courants ascendants. L'ombre des montagnes se profile au loin. J'essaie de maîtriser ma respiration, de ne pas penser. Il pèse un tel silence sur le stade ! Difficile d'imaginer qu'avant, on jouait au football, ici. J'essuie mon front en sueur du revers de la main. Je me lèche les doigts, pour le sel, aussi précieux en été que le bois en hiver.

Regard furtif vers Obaïd. Il a les yeux fixés sur un point devant lui, le visage impénétrable, les mâchoires serrées. Si mes parents et Taya, ma soeur, savaient que je suis ici ! Mais ils l'ignorent, et je ne veux pas qu'ils l'apprennent. Je sens qu'il va se passer tant de choses cet après-midi. Des choses dont je n'ai encore qu'une vague idée. Des choses que je voudrai effacer le plus vite possible de ma mémoire.

« Le mieux, c'est d'oublier », dit toujours Obaïd.

Il sait de quoi il parle, il en a déjà vu beaucoup plus que moi. »

(Extrait du chapitre 1)

Rien qu'un jour de plus dans la vie d'un pauvre fou,
Jean-Paul Nozière

« – Tu surveilles Élise une petite heure, mon grand ? Le temps d'une ou deux courses dans le quartier.

Je déteste que maman m'appelle "mon grand". J'ai dix-sept ans. C'est ridicule. Surtout quand elle parle aussi fort, ameutant les autres personnes assises sur les bancs du parc Émile-Zola. Une façon de clamer : "C'est mon fils ! Il est beau, n'est-ce pas ? Et gentil à un point, si vous saviez !" Si je suis dans les parages, maman ne peut pas s'empêcher de débiter ces niaiseries à quiconque discute avec elle plus de trois minutes.

Mais là, nous sommes au parc alors que j'aimerais être sur la plage. Et je déteste surveiller ma sœur. Je ne suis pas si gentil que maman le dit. Obéissant, plutôt. Élise a trois ans. Un bébé. J'aurai l'air de quoi à pinailler autour des bacs à sable et des toboggans, pendant que ma sœur se fera tirer les cheveux par des têtes à claques ou tirera ceux des têtes à claques ? »

(Extrait du chapitre 1)

Samien le voyage vers l'outremonde, **Colin Thibert**

« Lorsque Samien se réveilla, la dernière lune avait quitté le ciel et, quelque part, un oiseau chantait pour saluer le lever du soleil. Il se sentait bien, n'avait plus mal nulle part et l'araignée bavarde de son cauchemar s'était évaporée avec le jour. Il quitta son abri et ôta sa chemise : la boursouflure rosâtre qui marquait son épaule droite, là où la mèche du fouet de Barthélemy l'avait entaillée, avait entièrement disparu. La peau était lisse, noire et luisante. Il se déshabilla entièrement : son corps ne portait plus la moindre trace, hormis, sur un genou, la cicatrice d'une chute ancienne. Devait-il cette guérison expresse à l'oxémie ? »

(Extrait du chapitre 3)

La Maison du pont, Aidan Chambers
traduit de l'anglais (Grande-Bretagne) par **Élodie Leplat**

« Adam surgit devant moi comme un fantôme. Un instant, je crois qu'il en est un. Puis, comme souvent par la suite, il transforme son apparition en jeu. Il fait semblant d'être un fantôme, mais seulement quand il découvre qu'il s'est trompé.

Alors qu'il cherche un endroit où squatter pour la nuit, il tombe sur la petite maison octogonale à côté du pont, pas de lumière, ça a l'air vide, mort, et il se dit que c'est son jour de chance. Il ne sait pas que je me trouve à l'intérieur ; en plus, c'est Halloween.

Il force la porte, doucement. Ça ne lui pose aucun problème. La serrure est vieille et fragile, il est costaud. Même s'il n'est pas grand – petit, souple – on a parfois l'impression qu'il a les muscles d'un homme vigoureux, ce qui participe de sa face cachée, de son mystère.

Il force la serrure si doucement que je ne me réveille pas. Cela fait trois mois que j'habite dans la vieille maison du péage et je dors bien, ce qui n'était pas le cas lorsque l'endroit m'était encore étranger et que je n'avais pas l'habitude d'être seul. »

(Extrait du chapitre 1)

Des étoiles au plafond, Johanna Thydell
traduit du suédois par **Agneta Ségol**

« J'ai quelque chose à te dire, Jenna.

C'est exactement ces mots-là qu'elle a employés. Et avec cette voix-là. Sa voix d'adulte. Jenna se tenait dans l'embrasure de la porte de la chambre de maman, son doudou Ragnar coincé sous le bras. Maman était allongée sur le lit, enveloppée d'une couverture pleine de bouloches. Elle avait l'air grave.

J'ai quelque chose à te dire.

C'est exactement ces mots-là qu'elle a employés, et Jenna a répondu quoi ? ou peut-être alors dis ! ou peut-être autre chose, elle ne s'en souvient pas. Il y a si longtemps.

Il y a sept ans, quatre mois et seize jours.

Les lattes du parquet grinçaient quand Jenna a enfin osé poser ses chaussettes Mickey par terre. Sur la pointe des pieds, elle s'est avancée jusqu'au lit de maman et s'est assise sur le bord moelleux. Maman a pris la main de Jenna. Il neigeait dehors. Les flocons se brisaient contre le carreau. Jenna se demandait si ça leur faisait mal.

Jenna, a dit maman en captant le regard de Jenna qui s'était un peu perdu dans la grande chambre, Jenna, tu m'écoutes ? »

(Extrait du chapitre 1)

En attendant New York, Mitali Perkins
traduit de l'anglais (États-Unis) par **Valérie Dayre**

« Par la vitre baissée, Asha et Reet pressaient les mains de leur père. Le train se mit lentement en mouvement, prit de la vitesse. Baba dut courir. Quand ses doigts échappèrent à leur étreinte, les filles se penchèrent davantage pour le voir s'effacer puis disparaître dans la brume de Delhi.

– Attention ta tête, Osh ! s'écria brusquement Reet en tirant sa sœur vers l'intérieur du compartiment.

Le train s'engouffrait dans un tunnel, il bringuebala violemment et, dans l'obscurité, Asha se cramponna au bras de sa sœur. En temps ordinaire, leur mère l'eût mise en garde bien avant Reet. Mais parfois Ma était prisonnière des griffes du Geôlier – ainsi les filles nommaient-elles la pesante mélancolie qui souvent tombait sur elle tel un linceul. Était-elle déjà partie si loin que même la crainte de voir sa fille décapitée ne pouvait la tirer de sa torpeur ?

Lorsque le train sortit en ahanant du tunnel, Asha eut peine à croire à ce qu'elle voyait. Leur mère avait enfoui son visage dans ses mains, et des larmes – de vraies larmes, mouillées, salées – striaient de larges sillons brunâtres ses joues poudrées.

Que se passait-il ? Il devait y avoir une erreur – il était impossible que Sumitra Gupta puisse pleurer. Les filles avaient maintes fois vu leur père ému aux larmes, même quand Ma ou Reet chantait la pluie, le chagrin ou les peines de cœur. Mais leur mère ne pleurait jamais, se retirant plutôt dans un silence froid qui pouvait durer des heures, des jours, des semaines. Jusqu'à des mois, comme après l'arrivée du télégramme lui annonçant la mort de sa mère. »

(Extrait du chapitre 1)

All together, Edward van de Vendel
traduit du néerlandais par **Emmanuèle Sandron**

« L'été dernier, ma vie a franchi le mur du son. Six mois se sont écoulés depuis août, mais elle reste marquée par ce clivage entre l'avant et l'après. Avant, j'étais un gars insignifiant de dix-huit ans ; aujourd'hui, je suis dévoré par un amour fou. Avant, je vivais dans mes rêves ; aujourd'hui, j'arbore un tatouage : un petit avion sur le bras qui, jour après jour, raconte mon départ pour l'Amérique, ma découverte de la Norvège et puis mon retour aux Pays-Bas. Autrement dit : mon voyage avec Oliver, mon voyage vers Oliver, mon voyage loin d'Oliver.

Avant, j'habitais chez mes parents ; aujourd'hui, je vis dans une coloc à Rotterdam. Avant, je préparais mon bac comme un imbécile ; aujourd'hui, je suis inscrit à l'École nationale de création littéraire. Avant, je papotais à la table de la cuisine avec ma mère ; aujourd'hui, je discute avec Vonda. Et avec Vonda, ma vie a franchi un deuxième mur du son. »

(Extrait du chapitre 1)

Caulfield, sortie interdite, Harald Rosenløw Eeg
traduit du norvégien par Jean-Baptiste Coursaud

« Je tombe. Je regarde la ville pendant que je tombe et que les branches des arbres croisent les doigts nus de leurs mains pour faire une prière. Le ciel est foncé en son milieu, d'un bleu lacéré aux extrémités ; seule la vapeur de ma respiration trahit la présence d'air dans mes poumons.

J'ai soudain l'impression d'apercevoir, tout là-haut, un flocon de neige. Un ticket gagnant. Qui tout en lenteur virevolte vers le bas. Je me figure que je dois absolument le sauver avant qu'il n'atteigne le sol. Et donc j'essaie de m'en emparer. Mais il glisse entre mes mains qui n'attrapent que le vide de l'air ambiant. Heureusement pour moi il en vient un autre. Nouveau flocon, nouvelle possibilité – que je tente d'attraper, lui à défaut de l'autre. Sauf qu'il finit à son tour par rejoindre le sol. Dans un souffle rouge. Les flocons de neige virent au rouge sitôt qu'ils touchent le sol. Quand je relève la tête, je vois le ciel moucheté de grains neigeux qui tranquillement déclinent, restent un instant en suspens, attendent. Et c'est là que je comprends que je n'arriverai pas à en sauver un seul. »

(Extrait du chapitre 1)

La vie commence, Stefan Casta
traduit du suédois par Agneta Ségol

« As-tu déjà pensé à ce que serait la vie sur la planète Terre s'il n'y avait que les hommes ?

S'il n'y avait pas d'oiseaux dans le ciel, pas de poissons dans la mer. Pas d'agneaux, pas de chiens de bergers, pas de chauves-souris, pas de lièvres blancs.

Rien que des Toi & Toi & Toi. Et des Moi & Moi & Moi.

Excuse-moi, c'est juste une idée qui vient de me passer par la tête. (Personnellement, je pense qu'on aurait une impression de grand vide !)

Mais venons-en au fait.

Je vais te raconter l'histoire d'une fille qui adore les animaux.
En écrivant ces lignes, je m'aperçois que je ne sais pas grand-chose d'elle. À peine son nom.
C'est sans doute ce qui explique pourquoi mes pensées volent comme des oiseaux dans ma tête.
Je soupire, j'arrête l'ordinateur et je vais me coucher.
Et quand je ferme les yeux, le monde s'éteint.
C'est alors que remontent *les contes*... »

(Extrait du chapitre 1)

De l'autre côté de l'île, Allegra Goodman
traduit de l'anglais (États-Unis) par Jean Esch

« Tout ceci est arrivé il y a des années, bien avant que les rues soient climatisées. En ce temps-là, les gens jouaient dehors et dans de nombreux endroits, le ciel était naturellement bleu. Un jour, une fillette emménagea dans une maison des Colonies sur l'Île 365 dans la mer Tranquille.

Elle avait dix ans ; elle était petite pour son âge, mais résistante. Elle avait des yeux gris. Ses cheveux, naturellement bouclés, frisèrent encore plus à cause de l'humidité de l'île. Elle était née après le Déluge, dans la Huitième Année Glorieuse de l'Enceinte, et comme toute personne née cette année-là, son prénom commençait par un H. C'était un prénom rare, et au cours des cycles qui suivirent, on cessa de le donner, mais à l'époque, il figurait encore sur les listes. Elle se prénommait Honor. »

(Extrait du chapitre 1)

Le temps des lézards est venu, Charlie Price
traduit de l'anglais (États-Unis) par Pierre Charras

« Je roule trop vite. La dernière chose dont j'ai besoin en ce moment est d'être arrêté par la police. Un flic pourrait savoir que je connaissais Marco. On pourrait me soupçonner de l'avoir aidé à s'enfuir. Peut-être recherche-t-on déjà cette voiture. Je ne le crois pas, mais tout est envisageable. Peut-être est-on parfaitement au courant pour ma mère et pense-t-on même que moi aussi je suis fou.

Pourquoi suis-je énervé à ce point ? Je n'ai pas peur. Si ? Ça a une telle importance ! Je voudrais que les gens le comprennent, je voudrais qu'ils en sachent autant que moi. Il faut que j'aille voir les Ludlow et que je leur raconte toute l'histoire.

Je suppose que je suis un peu surexcité, mais il est impossible de garder pour soi un tel secret. Un secret susceptible de changer la face du monde. De faire le bonheur de milliers de personnes. De mettre la science sens dessus dessous. Bien sûr j'ignore tout des réponses, mais je sais quelle direction prendre. Moi seul connaissais vraiment Marco.

Z m'aidera certainement à trouver un angle d'attaque. Elle m'écoutera et me conseillera. C'est la sœur de Hubie. Elle est en deuxième année de fac. Elle est mon aînée de trois ans. Intelligente et drôle et surprenante et tellement différente ! Mais si elle n'est pas là ? Quel jour est-on aujourd'hui ? Quel *jour* ? Même Hubie pourrait m'aider. On peut déjà le considérer comme un homme de science. Ou Mme Ludlow. Elle saura quoi faire. Mais pas la police. Pas maintenant. Je ne suis pas prêt.

Ce n'est pas une histoire qu'on peut confier à n'importe qui... »

(Extrait du chapitre 1)

Cet ouvrage a été achevé d'imprimer sur Roto-Page à pleines mains
pour le compte des éditions Thierry Magnier
par l'Imprimerie Floch à Mayenne en août 2011
Dépôt légal : août 2011
N° d'impression : 80148
Imprimé en France